ANTIPODES

Conception graphique de la couverture : Françoise Doll
Photographie de couverture : I.L.C.
Mise en page : Compavi

CLAIRE McNAB

ANTIPODES

Traduction de l'anglais (Australie)

CÉCILE DUMAS

KTM éditions

Titre original :
Under the Southern Cross
Editeur original :
The Naiad Press, Tallahasee

20, rue Saint-Nicolas - 75012 Paris

ISBN 2-913066-12-7

Pour Gwyn et Cath
(Alias Trish et Suzie).

Remerciements

À mon éditrice :

Sincèrement, un écrivain à peu de chance de trouver une autre éditrice de la trempe de Katherine V. Forrest. Sacrée bonne femme !

Remerciements particuliers à :

Lyn et Glenda, aficionados du Queensland.

Barbara, gourou du tourisme.

1

J'adore voler, surtout dans des petits appareils qui me donnent l'impression de partager un peu l'exaltation des oiseaux quand ils se laissent porter par le vent. Assise cette fois-ci juste derrière le pilote dans un avion de vingt places, je me penchai au hublot pour apercevoir l'eau émeraude qui s'étendait au-dessous de nous. Le pilote me fit un grand sourire par-dessus son épaule et força la voix pour couvrir le ronronnement sourd des moteurs :

— C'est le paradis, hein Alex ?

Je l'approuvai d'un sourire avant qu'il ne retourne à ses instruments de navigation. Il avait raison : c'était le paradis. Des îles éparses paressaient sur les eaux chaudes de cette mer tropicale en bordure du Queensland. De cette hauteur, la végétation ressemblait à un champ verdoyant, l'eau était si claire que je distinguais, comme sur une gigantesque carte en relief, les différents tons de vert, turquoise et bleu indiquant les variations de profondeur. Tandis que notre petit avion progressait lentement en projetant une ombre dansante et vacillante sur ces eaux peu profondes, chaque îlot offrait à la vue une composition sous-marine unique de bancs de sable et de canaux, assombrie par endroits de tâches d'algues plus foncées.

Je savais que plus à l'est, là où les eaux fraîches de l'océan Pacifique se brisent sur les rochers de la Grande Barrière de corail, la plate-forme continentale plongeait abruptement dans des abysses noirs et glacés. Mais ici, tout baignait dans la lumière et l'eau était soumise, apaisée par la chaleur, clapotant mollement contre les plages de corail blanc.

Le pilote éleva la voix pour que les passagers entassés dans la cabine puissent l'entendre :

— Tern Island en vue !

C'était une destination presque habituelle pour moi, mais cette beauté bien que familière m'émouvait toujours autant.

Les deux tiers de l'île formaient un parc national à l'abri de tout projet de développement, de sorte que les collines et les vallées étaient recouvertes d'un dense manteau de forêt tropicale et, en bord de mer, les marécages de la mangrove se mêlaient à l'eau salée. Les limites du complexe hôtelier de Tern Island se trouvaient à l'endroit où l'épaisse végétation cédait la place à un parcours de golf de neuf trous parfaitement entretenu. Vus du ciel, les bâtiments groupés autour de l'anse claire de Tern Beach semblaient perdus dans la luxuriance des jardins tropicaux.

Nous entreprîmes la phase de descente, en direction de quelques véliplanchistes à la voile criarde qui filaient en zigzag sur l'eau turquoise. Comme d'habitude, l'unique piste de l'aéroport m'apparut minuscule, mais au fur et à mesure de notre approche, elle reprit des dimensions respectables. Sachant que l'atterrissage est la phase la plus dangereuse d'un voyage aérien, je retiens toujours mon souffle dans les moments qui précèdent le contact avec le sol. Cette fois, les roues frappèrent la surface anthracite dans un bruit sourd puis l'avion parcourut la piste avec de violentes secousses. Je vis le pilote sourire et me demandai s'il n'avait pas prémédité notre arrivée un peu mouvementée.

Nous décrivîmes un large cercle puis nous roulâmes lentement vers le terminal situé sur le côté de la piste, à mi-parcours. La porte fut ouverte, la passerelle combla la courte distance qui nous séparait du sol, et un brouhaha composés d'accents variés se fit entendre quand les passagers s'extirpèrent de la cabine exiguë pour s'étirer dans la moiteur ambiante.

Puisque j'avais affaire à des voyageurs chevronnés, je ne leur emboîtai pas immédiatement le pas, mais pris le temps d'accrocher mon badge à ma chemisette blanche. J'ai toujours détesté porter une étiquette, mais Sir Frederick avait insisté pour que les membres du personnel arborent leur nom en permanence lors des congrès. Le badge était un grand rectangle, très visible, aux couleurs verte et or de l'Australie. Le symbole de l'Australasian Pan Pacific est une composition élaborée des initiales de l'organisation à l'intérieur d'un dessin de l'Australie. Je vérifiai que le nom *Alexandra Findlay* était correctement positionné.

Après m'être assurée que ma chemisette était impeccablement rentrée dans mon pantalon blanc — selon Sir Frederick l'apparence, c'est 80 % de la réussite —, je rejoignis le groupe des passagers. Je les dirigeai vers le minuscule bâtiment couvert de plantes grimpantes qui servait de terminal à l'aéroport de Tern Island, et je m'aperçus que Steve Monahan faisait partie du comité d'accueil qui attendait avec des verres de champagne et de jus d'orange.

— *G'day**, disait-il chaleureusement à chaque personne en leur proposant un rafraîchissement.

Une fois encore, je fus amusée de voir le look très élégant et exagérément australien qu'il avait adopté. Grand, blond, bronzé, un sourire engageant aux lèvres, il portait un short beige étroit, avec une fine ceinture en

* N.d.t. : Bonjour.

peau de serpent, une chemise assortie dotée de plusieurs poches superflues, et sur la tête un Akubra couleur sable, une plume colorée plantée dans le ruban et un bord relevé suivant la mode.

Le sourire anormalement chaleureux qu'il m'adressa me mit sur mes gardes.

— Salut, Alex. Je peux te demander un petit service ?

Travailler avec lui m'avait appris que son amitié était largement intéressée et qu'elle dissimulait une nature constamment manipulatrice. Ma réponse fut brève.

— Quoi ?

Mon manque d'enthousiasme sembla accentuer son amusement.

— C'est pas grand-chose en fait, ma belle, dit-il d'un ton qu'il voulait persuasif. Quelques VIP supplémentaires arrivent cet après-midi vers 3 heures et je ne pourrais pas être là pour les accueillir. Voudrais-tu t'en occuper à ma place ?

— D'accord, mais à charge de revanche, Steve.

Son attention se détourna de moi pour se porter sur Hilary Ferguson, la représentante d'un des tour-opérateurs britanniques. Il est rare que l'on puisse dire d'une personne sans exagérer qu'elle est d'une beauté resplendissante mais c'était pourtant le cas de Hilary Ferguson. Petite, des yeux bleu vif et un teint éclatant, elle avait une abondante chevelure châtain, un franc sourire, et, parachevant son charme, des fossettes. Elle parlait en avalant à moitié les voyelles, signe de son appartenance à l'élite britannique, mais au cours de nos brèves rencontres, je l'avais trouvée amicale et sans prétention.

Steve fit son plus beau sourire :

— Eh bien, *g'day* !

Je le laissai tenter d'impressionner Hilary avec sa conversation truffée de clichés *aussie** et commençai à

* N.d.t. : Australien.

répartir les invités dans leur minibus respectif.

Je venais juste de vérifier que tous les voyageurs de mon bus avaient récupéré leurs bagages à main quand Steve passa la tête par la porte.

— J'ai oublié de te dire, Alex, la femme dont tu as la responsabilité sera sur ce vol. Sir Frederick appréciera que tu lui réserves un accueil digne de ce nom.

Je descendis du bus pour que personne ne puisse nous entendre.

— Dommage que la discrétion ne fasse pas partie de tes qualités, Steve.

Ignorant ma critique, il ajouta, presque malveillant :

— Tu vas avoir du pain sur la planche : Lee Paynter est du genre exigeante.

— Tu sais Steve, parfois je me demande comment j'ai pu m'en sortir avant que tu me donnes des conseils !

— J'essaye juste d'être sympa, Alex, dit-il amusé. C'est une sacrée bonne femme, tu sais.

— Je suis d'autant plus surprise que tu laisses passer l'occasion de la rencontrer en personne. J'aurais plutôt parié que tu t'empresserais de vouloir impressionner quelqu'un d'aussi influent.

— On s'est déjà rencontrés aux États-Unis, ma belle, et elle a résisté à mon charme.

— Ça m'étonnerait !

Il sourit de ma moquerie.

— Eh bien, ma puce, je suis fort mais quand même pas *si* fort. Je n'aurai pas la moindre chance. En dehors du fait qu'elle soit mariée à son boulot, elle est aussi *lesbienne.*

Il avait fortement accentué le mot. Après une pause, il reprit :

— Et en plus elle ne s'en cache pas.

Son sourire s'élargit quand il ajouta d'un ton railleur :

— *Tu* pourrais toujours essayer, Alex. Histoire de te lâcher pour une fois. On ne sait jamais, elle pourrait justement avoir un faible pour le genre brune sensuelle.

— Contrairement à ce que tu penses, rétorquai-je, d'un ton tout aussi désinvolte, il y a des limites que je ne franchirais pas, même pour faire avancer ma carrière.

Il leva un sourcil méprisant.

— Il y a des limites que tu ne franchirais pour rien ou pour personne, ma belle. Je veux dire, tu m'as bien repoussé *moi.* Tu n'aimes pas quand les choses deviennent trop sérieuses, c'est ça ?

— N'en fais pas une maladie, dis-je avec un sourire censé atténuer mes sarcasmes.

Steve plissa les yeux.

— Si j'étais toi, je serais prudente. Par exemple, j'y réfléchirais à deux fois avant de repousser Sir Frederick...

Il ne me laissa pas l'occasion de répliquer mais sauta dans son bus en interpellant joyeusement le chauffeur d'un « Allez, fonce ! »

Les petits bus électriques filèrent le long des routes étroites, chacun emportant son chargement de passagers et de bagages vers l'endroit prévu dans le village. J'étais en pilote automatique, répondant aux questions et réagissant poliment aux commentaires élogieux sur la beauté luxuriante de la végétation qui fouettait les vitres. Avant la sortie du premier passager, je fis un bref descriptif du programme pour le reste de la journée ainsi qu'une présentation de la soirée et du dîner présidé par Sir Frederick Salway, le directeur général de la Pan Pacific.

Il nous fallut, au personnel prévenant de Tern Island et à moi, une bonne heure pour installer chaque représentant dans son logement et quand je me retrouvai enfin seule sur la véranda de mon propre bungalow, il aurait fallu me payer cher pour décrocher un sourire de plus.

En dehors de l'accueil et de la salle de réception, la plupart des bâtiments sur Tern Island étaient habilement cachés derrière des paravents d'abondante verdure tropicale. Il y avait trois catégories d'hébergement : des bâtiments de deux étages avec des appartements équipés prévus pour les familles ; des mini-villas luxueuses, avec un jardin privé ; des petits bungalows, pour une ou deux personnes, nichés parmi les cocotiers en bordure de plage.

La chaleur paresseuse de l'île correspondait à ma soudaine et inhabituelle léthargie. Je bâillai puis aperçus un impérieux paon qui déploya sa queue spectaculaire à mon intention.

— Tu es vraiment très beau, lui dis-je.

Il me regarda avec dédain avant de s'en aller en se pavanant examiner un gros buisson. La brise jouait avec les lourdes feuilles des palmiers au-dessus de moi, des papillons aux couleurs vives voletaient au milieu des fleurs extravagantes : pouvoir profiter de toute cette beauté était une chance que beaucoup m'envieraient.

Après avoir vérifié que j'avais assez de temps libre avant mes obligations du déjeuner, j'enfilai un maillot de bain, m'appliquai une bonne couche de crème solaire — même si j'ai un teint mat et bronze facilement — et je parcourus la courte distance entre le bungalow et l'étendue de sable de corail décoloré. Ses grains fins crissèrent sous mes pieds nus et de petits crabes s'écartèrent quand mon ombre tomba sur eux. Il n'y avait pas de ressac — la Grande Barrière de corail empêchait la progression des rouleaux bleu marine du Pacifique. Ici, la mer couleur turquoise clapotait gentiment. J'avançai dans l'eau limpide et tiède, appréciant sa caresse sensuelle, et, quand elle fut assez profonde pour nager, je m'éloignai de la plage en quelques brasses irrégulières. Lorsque je me mis à flotter sur le dos, les rayons aveuglants du soleil me firent plisser les yeux.

C'était une scène digne d'une brochure de papier glacé. La plage blanche avec ses transats stratégiquement disposés et quelques rares mordus de soleil, des cocotiers en toile de fond, et sous leur ombrage, les couleurs chaudes des fleurs d'hibiscus apposées sur le vert lumineux des plantes grasses et des fougères. La mangrove sous-marine dans la partie sud de la plage avait en revanche un aspect plus froid et plus sombre, un peu plus sinistre à cause de la profusion de racine adventive dans le sable.

Je ne voulais pas m'arracher à la caresse langoureuse de l'eau, mais j'avais un emploi du temps chargé pour l'après-midi. Je nageai lentement jusqu'au rivage, ramassai ma serviette et mes lunettes de soleil, vérifiai l'heure et grappillai quelques minutes supplémentaires à l'ombre des palmiers surplombant le haut de la plage.

Je me renversai sur le sable et me mis à penser à Lee Paynter. Au cours des douze derniers mois, je m'étais surtout occupée des possibilités liées au tourisme européen, mais je n'étais pourtant pas sans connaître le nom et la réputation de cette Américaine.

Dans ce secteur d'activité, au niveau international, Lee Paynter avait été dépeinte comme l'archétype du chef d'entreprise américain, un entrepreneur à la réussite spectaculaire qui avait introduit ses voyages organisés dans des pays autrefois réticents, se déjouant des labyrinthes de la bureaucratie à l'aide de moyens pas toujours honnêtes. Selon la rumeur, elle était capable de corrompre, de faire chanter ou d'utiliser ses relations dans le gouvernement des États-Unis si son charme considérable ne lui permettait pas d'obtenir ce qu'elle voulait.

Je ramassai une poignée de sable fin et le fis couler entre mes doigts. L'engagement de la société de Lee Paynter dans la région Pacifique serait sans aucun doute une aubaine pour le tourisme, c'est pourquoi l'Australasian Pan Pacific, le groupement privé monté conjointement par des Australiens et des Néo-zélandais, l'avait activement courtisée. Je savais que c'était un joli coup d'avoir invité au congrès un TO de la trempe de Lee Paynter, et une prouesse encore plus remarquable de l'avoir convaincue d'évaluer elle-même à la fois les destinations et les agents réceptifs australiens.

À Sydney, au cours du briefing de préparation au congrès, Sir Frederick Salway, le directeur de l'APP, m'avait dit avec son sourire charismatique :

— Alexandra, je veux que vous considériez Lee Paynter comme étant sous votre responsabilité personnelle. Vous serez son ange gardien et je veux qu'elle soit entièrement satisfaite. Faites tout ce qu'elle demande...

Sous sa moustache blanche bien taillée, sa bouche s'était contractée quand il avait ajouté :

— Dans les limites du raisonnable, bien évidemment.

À présent, je me demandais s'il y avait eu là un sous-entendu, s'il avait présumé que j'étais informée de l'homosexualité de Lee.

— Et puis Alexandra, avait-il conclu, nous vous donnons cette occasion de nous montrer de quoi vous êtes capable. Si vous réussissez, votre carrière aura un coup de pouce, je peux vous le garantir.

J'aimais mon travail — le tourisme m'avait littéralement happée depuis mon premier emploi en agence de voyage — et il y avait maintenant de fortes chances que l'APP élargisse son réseau pour attirer plus de touristes asiatiques vers l'Australie. Avec mon expérience de l'Europe, j'étais une bonne candidate pour un poste d'encadrement sur ce secteur.

Sir Frederick avait pris en compte mon ambition et me donnait simplement la possibilité de montrer mes capacités. Il n'y avait rien de personnel dans son attention, je pouvais donc allègrement ignorer la remarque narquoise de Steve... Allègrement ? Ce n'était pas si sûr. Depuis peu, j'étais hantée par le sentiment qu'il pouvait y avoir autre chose de la part de Sir Frederick que de l'intérêt professionnel.

La faim me rappela à mes obligations : je devais m'habiller pour le déjeuner. Je me redressai, m'étirai, jetai un dernier regard plein de regrets en direction de la plage, et franchis les quelques mètres qui me séparaient du bungalow.

Mes pensées retournèrent vers Lee Paynter. J'avais la conviction profonde que m'occuper d'elle serait ce que dans les séminaires d'encadrement on nomme par euphémisme

« un challenge ». Et je me devais de réussir, quelles que soient les difficultés que cette femme pouvait créer. J'avais l'impression d'être sur le point de m'engager dans une bataille avec un adversaire dangereux. De quelle armure pouvais-je me munir ? La réponse fut immédiate : l'indifférence, masquée en courtoisie, était ma meilleure défense.

Cet après-midi-là, au lieu de me rendre à l'aéroport en minibus, je décidai de m'accorder le temps de faire le chemin à pied, sans me presser. En flânant le long des allées impeccablement entretenues, j'admirai l'art avec lequel le village avait été aménagé, permettant à la richesse végétale de se mettre naturellement à son avantage, déguisant les bâtiments et bordant les chemins sinueux de touches de couleur et d'une abondante verdure.

Un embarcadère court et solide marquait la fin de la plage, et je m'arrêtai un instant pour admirer les voiliers se balançant au mouillage. À côté des lourds piliers en bois, une aigrette blanche flottait lentement, son attention fixée sur l'eau ridée. Puis, d'une poussée rapide, elle étendit son long cou pour saisir quelque friandise marine. Elle l'avala rapidement avant de reprendre son impitoyable concentration. Je m'amusai à imaginer la vie du point de vue d'un petit crustacé et conclus que disparaître sous la forme d'une bouchée pour aigrette aurait au moins l'avantage d'être prompt.

Je marchai le long de la jetée au son de mes sandales sur les planches de bois usées. Un pélican blanc et noir solitaire me regarda d'un œil austère, son bec en forme de poche enfoui dans sa poitrine duveteuse. Je me penchai sur la rambarde pour examiner les voiliers. La lumière du soleil scintillait sur l'eau agitée et les bateaux blancs semblaient tester leurs amarres comme s'ils avaient hâte de repartir. Je me surpris à leur sourire. Je me promis qu'un jour, je longerais la côte du Queensland en bateau, pour jouir des merveilles du passage des Whitsunday, je ferais escale au crépuscule sur des îles désertes, j'y pêcherais mon repas du soir, je m'allongerais sur le pont pour contempler la voie lactée au-dessus de ma tête.

Mais je ne pourrais pas réaliser cela toute seule : une telle expérience devait être partagée.

Une sombre pensée me traversa soudain l'esprit : alors je ne le ferai jamais.

J'avais perdu du temps. Si je ne me pressais pas, j'allais être en retard pour l'arrivée du vol. L'air chaud, si plaisant un instant auparavant, était devenu un épais obstacle ralentissant ma marche. Je pestai : la première impression est vitale et je voulais que Lee Paynter me voie comme une personne calme, méthodique et efficace, et surtout pas hors d'haleine et en nage.

2

L'avion n'était pas à l'heure, adoptant sans nul doute ce que l'on appelle ironiquement « l'heure du Queensland ». Je pus ainsi reprendre mon souffle et bavarder avec les membres du comité d'accueil avant l'arrivée du vol.

— Salut, Alex. Tu veux un hibiscus derrière l'oreille ?

Tony Englert, un joyeux luron extraverti et rondouillard était l'adjoint de Sir Frederick.

— Cela te donnera un air canaille et décontracté. Juste ce qu'il faut pour épater ton Amerloque.

Je déclinai sa proposition en riant quand nous entendîmes le bourdonnement de plus en plus proche de l'avion. Au loin on aurait dit un jouet téléguidé. Il vrombit à plein régime à travers la baie, se posa avec délicatesse puis roula promptement pour venir s'arrêter devant les couleurs chaudes du panneau « Bienvenue sur Tern Island ». Je me tenais en retrait, consciente de ressentir une légère appréhension... peut-être méfiance serait un terme plus approprié.

La première sur le tarmac fut une femme immédiatement reconnaissable d'après les photos de presse que j'avais pu voir. Lee Paynter était vêtue d'un strict tailleur d'été bleu clair. Ses bijoux argentés brillèrent sous les rayons aveuglants du soleil tandis qu'elle se dirigeait vers nous d'un pas vif et assuré, un attaché-case à la main. Lorsque je m'avançai pour l'accueillir, je vis qu'elle était de taille moyenne, même si sa démarche, le menton haut et les épaules en arrière, la faisait paraître plus grande. Ses cheveux courts impeccablement coiffés étaient blonds, parsemés de mèches dorées. Les traits de son visage étaient bien dessinés : un nez légèrement retroussé, une bouche ferme et un menton volontaire. Quand elle ôta ses lunettes noires, je me sentis détaillée par un regard direct, gris ardoise.

Je souris, lui serrai la main. Que voyez-vous, pensai-je, au-delà de cette femme légèrement plus grande et plus en chair, aux cheveux et aux yeux sombres, avec un visage accueillant ? Ne suis-je qu'une personne dans le décor, là pour vous faciliter la vie, mais indigne de tout autre intérêt ?

Lee Paynter jeta un coup d'œil à mon badge :

— Est-ce qu'on peut vous appeler Alexandra ?

— Alex fera l'affaire.

— OK. Et moi c'est Lee, bien sûr.

Elle avait ce que j'appelle un léger accent américain, des inflexions qui donnent une résonance nouvelle à des mots pourtant familiers. Et malgré la blondeur de sa chevelure, sa voix avait une sombre tessiture, un timbre grave qui frôlait l'enrouement.

Les civilités accomplies, Lee Paynter se concentra sur le travail. Elle avisa le personnel occupé par les nouveaux arrivants.

— Je veux vérifier les procédures d'accueil à ce niveau-ci. Ce que je cherche, c'est un service efficace et discret capable de s'occuper rapidement d'un groupe, de faciliter son installation pour qu'il soit au plus vite prêt à se détendre.

Son attention à nouveau sur moi, elle ajouta :

— Et puis j'aimerais me défouler en faisant une partie de tennis. Pouvez-vous me trouver quelqu'un qui sait jouer ?

— Je peux jouer avec vous.

— Avez-vous un bon niveau ?

Agacée, je répondis sèchement :

— Oui, j'ai un bon niveau.

Ma véhémence me valut un léger sourire de la part de l'Américaine, mais aucun commentaire. En rejoignant les minibus, je commençai à lui exposer les modalités d'accueil des clients, prenant garde de ne pas laisser paraître dans le son de ma voix, l'irritation que cette femme péremptoire avait provoquée chez moi.

Mes épaules étaient tendues. Déjà je sentais que l'indifférence n'était plus de mise.

La chaleur étouffante de cette fin d'après-midi avait découragé les autres joueurs, nous avions donc les courts pour nous toutes seules. Nous en choisîmes un abrité du soleil par un groupe de palmiers haut perchés, puis nous commençâmes à échanger des balles.

J'étais pleine d'appréhension. Cette femme m'était inconnue. Quoique parfaitement décrite par les autres, elle était encore une énigme pour moi. Je connaissais les généralités, la progression régulière de son entreprise, sa réputation de négociatrice coriace, mais ces vagues lignes directrices s'avéraient bien peu pour me guider dans ma mission, au regard de la subtilité des relations humaines.

Le short blanc moulant et le débardeur qu'elle portait révélaient un corps bien entretenu, athlétique, légèrement hâlé, ainsi qu'une jolie poitrine. De toute évidence, on lui avait appris un tennis classique : elle se déplaçait avec rapidité pour préparer chaque coup et elle frappait la balle avec précision.

Je l'observai de près. L'arrogance nonchalante de son « Avez-vous un bon niveau ? » m'avait piquée au vif et je ne voulais pas qu'elle me sous-estime. Bientôt je retrouvai le plaisir cadencé du jeu : la joie de changer de direction en douceur, de trouver l'équilibre, de taper dans la balle. De l'autre côté, Lee répondait à mes efforts, frappait avec des gestes fluides.

S'échauffer avec un adversaire inconnu est une manière de tester ses capacités, de chercher ses faiblesses, d'évaluer ses forces. Je peux d'ordinaire me contraindre à la patience mais l'anxiété me poussa à dire, trop tôt :

— On commence ?

Lee eut un bref sourire.

— J'ai l'impression d'avoir trouvé à qui parler.

Elle joua avec la détermination que j'attendais, saisissant chaque occasion pour prendre l'avantage, dissimulant ses propres limites, évaluant mon jeu pour y trouver des points faibles susceptibles d'être exploités. Ce ne fut pas un match détendu, une rencontre courtoise — chacune avait l'intention de gagner.

Et, au moins au tennis, j'ai l'habitude de gagner. Je suis classée et j'ai un service foudroyant, un solide jeu de fond de court et une présence tonique au filet. Mais surtout, quand je faisais de la compétition dans mon enfance, mes parents m'avaient inculquée cette devise : « ne renonce jamais » ; depuis lors, je me bats jusqu'au bout, même si le match semble irrémédiablement perdu.

J'analysai Lee Paynter à mesure que les services défilaient, et je constatai que ma technique, au moins, était supérieure à la sienne, même si j'avais une adversaire qui faisait preuve d'une telle ténacité qu'aucun point n'était acquis, quelle que soit la puissance du coup ou la justesse du placement. Lee couvrait le court avec une aisance déconcertante, frappait la balle fort et sans retenue, et refusait de se laisser intimider par la vitesse et la précision de mes meilleurs coups.

J'eus besoin de toute ma concentration pour gagner le premier set, en prenant le service de Lee pour l'emporter 6 jeux à 4. Je commis l'erreur de me relâcher un peu, et quand le second set démarra par une attaque implacable de Lee, je me retrouvai en quelques minutes menée 2 jeux à rien. La bataille m'exalta, me stimula. Concentrée, je m'accrochai et parvins à remonter à deux jeux partout.

Je réfléchis : Devais-je lui laisser ce set ? Elle pouvait l'emporter de toute façon et mon travail était de lui rendre les choses plus faciles, pas de la contrarier en gagnant cette partie.

Lee profita de ce moment de déconcentration pour ravir les deux jeux suivants. Menée 4 jeux à 2, je souris intérieurement : et puis merde ! Je la battrai si je peux.

À présent nous étions toutes les deux essoufflées, trempées de sueur et terriblement concentrées. J'élevai mon jeu d'un cran pour cogner la balle de toute la force et de toute l'adresse dont j'étais capable. Lee répondait avec une détermination têtue. Elle essayait de rattraper chaque balle — même sur des coups qui semblaient largement gagnants —, utilisait des lobs rusés pour varier le tempo, martelait mon coup droit, légèrement plus faible que mon revers, sans jamais cesser de me faire courir pour me fatiguer.

À six partout, Lee dit, dans un souffle :

— On continue jusqu'à deux jeux d'écart ? C'est plus dans l'esprit du tennis qu'un jeu décisif.

Dans la chaleur moite, je commençais à accuser la fatigue mais j'acquiesçai immédiatement. Le coup sec de la raquette qui frappe la balle, le schéma « anticipation, mouvement, préparation, frappe », tout ça m'hypnotisait. Mon adversaire était devenue la partenaire d'un rituel qui était plus qu'un simple match de tennis... c'était une compétition où l'esprit et le corps s'associaient pour obtenir des récompenses précises, où les ambiguïtés des relations sociales s'effaçaient devant l'autorité des règles et des conventions. Je fus presque déçue de donner le dernier coup gagnant le long de la ligne.

Lee me serra cérémonieusement la main en riant.

— C'était super. Je ne me souviens pas de la dernière fois où j'ai apprécié de me faire battre. Ceci dit, j'aimerais bien avoir la chance de me rattraper. Pourquoi pas demain matin très tôt avant qu'il ne fasse trop chaud ? On peut caser une autre partie dans le programme ?

— Vous voulez faire sauter la séance d'équitation ? C'est ce qui est prévu avant le petit déjeuner. Et ensuite il y a une visite au village des artistes.

— Je m'en tiendrai au programme. Je préfère tout vérifier par moi-même. Le tennis, ce sera pour une autre fois.

Elle me regarda avec curiosité.

— Est-ce que vous montez à cheval aussi bien que vous jouez au tennis ?

— Pas tout à fait.

Ma réponse fut plus sèche que prévue, car je sentais que Lee Paynter, habituée à estimer les gens selon l'usage qu'elle pouvait en faire, était en train de décider si en dehors de mes talents au tennis, j'étais digne d'une attention plus grande de sa part.

— Je vous offre un verre ? dit-elle, sans apparemment relever ma provocation.

Paradoxalement, je ne voulais pas que mon irritation s'estompe à cause de cette invitation et son ton amical me rendit méfiante. Je regardai ma montre, secouai la tête, et dit avec les regrets de circonstance :

— Je n'avais pas réalisé à quel point notre match avait duré. Désolée, il me reste des choses à terminer avant le dîner de présentation, ce soir... Aimeriez-vous que je vous fasse servir un rafraîchissement dans votre bungalow ou préféreriez-vous un verre au bord de la piscine ?

— Je peux me débrouiller toute seule, merci. À ce soir.

Ainsi congédiée, je la regardai s'en aller d'un pas décidé, avec une arrogance que je trouvais exaspérante. Pourtant, pour être honnête, il me fallait bien admettre que Lee Paynter avait toutes les raisons d'être aussi sûre d'elle-même : elle avait gagné le prestige et l'influence dont elle jouissait à présent, et les méritait pleinement.

J'ai toujours eu l'art de dissimuler mes sentiments, il était donc peu probable selon moi qu'elle ait décelé mon inquiétude. Je voulais qu'elle me considère comme une personne calme, pondérée et sûre d'elle, afin qu'elle ne puisse pas deviner que ma carrière dépendait de son degré de satisfaction.

Je passai la salle en revue depuis la table des officiels. Un brouhaha remplissait la pièce à mesure que les invités gagnaient leur siège. Dehors, la chaude obscurité de la nuit tropicale était tombée avec sa soudaineté habituelle. À l'intérieur, éclairés par une lumière presque trop vive, les fruits de mer étaient disposés avec art : un buffet scandinave servi sur des tables décorées de fougères exotiques et des fleurs magnifiques. D'énormes plats débordaient d'huîtres, de crevettes, de homards, de crustacés de Morton Bay, de langoustes, de crabes géants et de poissons aux yeux exorbités qui se disputaient la place, auxquels s'ajoutait un choix hallucinant de salades fascinantes et de grosses miches de pain.

J'étais arrivée tôt avec Tony Englert, l'assistant de Sir Frederick, pour m'assurer que les choses allaient se passer sans accroc. Notre devoir accompli, Tony s'en alla chaparder une bouteille de vin, notre récompense selon lui, pour services rendus. Il revint avec une bouteille de chardonnay, remplit nos deux verres et se lança dans un compte rendu amusant et scabreux de l'ingérence malvenue d'un membre du gouvernement dans des intérêts touristiques privés. Il acheva son histoire d'un éclat de rire puis serra ma main avec un regard concupiscent.

— Alex, ma chérie, vous êtes absolument ravissante en bleu.

— Et vous, renchéris-je, vous êtes tout à fait irrésistible en blanc cassé.

Je contemplai son costume clair.

— Peut-être plus cassé que blanc.

Tony est l'une des rares personnes avec lesquelles je puisse me détendre instantanément. Bien que sympathique soit un mot galvaudé, c'est pourtant ce qu'il est : sympathique à connaître et sympathique à côtoyer. Il est très intelligent, mais ses manières franches et sans façon, et sa générosité d'esprit collent à son corps bien en chair.

Il se cala sur sa chaise qui gémit de protestation.

— Alors, comment est *The* Paynter ?

— Nous avons disputé une partie de tennis cet après-midi... et j'ai bien peur de l'avoir battue.

— Oh, mauvaise tactique professionnelle !

Je ris à son air lugubre.

— Tu crois que j'ai tout gâché ?

— Probablement pas. Lee aime savoir à quoi s'en tenir. Et si elle t'admire, alors, tu marques des points.

— Tu la connais bien, Tony ?

— Pas plus que n'importe qui d'autre, mais je peux dire une chose : je pense que tu es la personne appropriée pour la prendre en main.

Il sourit devant mon air interrogateur.

— Parce que, Alex chérie, tu vas être un challenge et Lee Paynter adore les challenges.

— Ce qui veut dire ?

Mais il refusa d'entrer dans les détails. Il jeta un coup d'œil à sa montre puis il m'informa qu'il devait attendre Sir Frederick à l'entrée de la salle. Je me mis à bavarder avec les autres convives de la table officielle, y compris avec Steve Monahan, qui de toute évidence n'avait pas perdu de temps pour sympathiser avec la belle Hilary Ferguson. Il l'avait accompagnée jusqu'à sa table avec force galanterie et il nous assurait à présent de la bonne impression qu'il lui avait faite. Je fis la sourde oreille à ses vantardises habituelles, sirotai mon vin en passant la salle en revue, cochant automatiquement les noms à mesure que je reconnaissais les visages. Les voyagistes ayant réussi dans le tourisme intercontinental formaient un club international des plus lucratifs, et un grand nombre d'invités se connaissaient par le biais de contrats d'affaires, de sorte que le bourdonnement des conversations était fréquemment ponctué d'éclats de rire et de compliments enthousiastes.

Dans ce genre de circonstances, à écouter ce badinage facile, ce talent à parler de choses légères et banales, je prenais toujours conscience de mon sentiment d'être une personne à part, détachée. Et comme d'habitude, je me demandai pourquoi. Ce n'était pas une incapacité à me comporter face aux gens, à éprouver de l'affection pour eux, à me mêler à leur vie, mais plutôt une prudence innée qui m'empêchait de céder à trop d'émotion. Je devais maîtriser les situations.

Maîtriser : c'était un mot que j'utilisais souvent. Je me sentais en sécurité quand j'étais aux commandes, quand je pouvais être sûre de parer aux mauvaises surprises.

Un brin de sarcasme me traversa l'esprit : Ne soyons pas si critique, voyons... il m'arrive aussi d'être spontanée... dans la mesure où je l'ai prévu !

Parfois je me demandais s'il me manquait une dimension, une capacité à éprouver des sentiments profonds que la plupart des gens autour de moi semblaient avoir. Quand mes amis me disaient qu'ils étaient amoureux, je n'étais pas sûre de comprendre ce que ce mot signifiait. Les sentiments déchirants et passionnés qu'ils me décrivaient étaient plus proches pour moi du malaise que de l'extase.

Je me rassurais quand même en me disant que j'étais capable de ressentir de telles émotions. J'aimais quelques amis proches, et j'aimais assurément mes parents. Bien sûr, ils n'avaient pas été tendres ni démonstratifs pendant mon enfance, mais je n'avais jamais douté de leur amour.

Peu après mes 20 ans, leur décision de déménager de Sydney à Canberra, où l'unique sœur de ma mère vivait avec sa famille, m'avait contrariée. Évidemment, cette décision émanait de ma mère. Elle parle d'une voix douce, ne perd jamais son calme, ne montre d'ailleurs jamais de sentiments excessifs — mais elle arrive toujours à ses fins. Maintenant je vois ma famille de temps en temps. Nous n'avons jamais accordé beaucoup d'importance aux anniversaires ni à Noël, mais j'essaie toujours d'aller à Canberra pour l'anniversaire de mes parents, qui sont nés en juin tous les deux, et à nouveau en décembre pour un Noël en famille.

Décembre me rappelle l'anniversaire de Carl, et ainsi, malgré moi, mon mariage. À présent, des années après le divorce, je n'arrivais toujours pas à savoir pourquoi j'avais épousé Carl, pourquoi j'avais cru que des mots prononcés dans une église transformeraient par magie la jeune femme réservée que j'étais en épouse tendre et aimante.

Des souvenirs auxquels je ne prêtais pas attention d'habitude, se bousculèrent dans mon esprit. À cette époque, j'étais loin d'être une oie blanche, je n'étais pas arrivée dans le lit conjugal ignorante et naïve. Au contraire, c'était de façon délibérée que j'avais entrepris de découvrir les choses du sexe, en suivant l'exemple des gens de mon âge. Mais avec le recul, je pouvais dire que leur enthousiasme et leur excitation envers un acte que je ne trouvais pas déplaisant mais essentiellement dénué de sens, n'avait de cesse de me surprendre.

J'avais été très attachée à Carl et j'avais apprécié sa compagnie. Nous avions grandi ensemble, nous avions beaucoup d'intérêts en commun et nous venions de milieux similaires, si bien que l'idée d'être en permanence avec lui ne m'avait pas effrayée ni paru inconcevable. Jouer le jeu de la séduction avait été plaisant et agréable, de même qu'avoir à mes côtés un homme grand et séduisant. Pourtant, j'étais prudente et je voulais vivre avec lui avant de m'engager davantage, mais les stricts principes de mes parents éliminèrent cette possibilité. Et Carl semblait si sûr, si convaincu que nous étions faits l'un pour l'autre.

En tant que membre d'une majorité traditionnelle, je me devais ainsi d'oublier l'attirance troublante que je ressentais pour mon propre sexe... des sentiments qui, je tentais de m'en persuader, s'évanouiraient avec le temps — des désirs défendus, impensables. Carl était mon petit ami et j'étais la petite amie de Carl : une relation ordinaire, rassurante, avec des rapports sexuels inévitables quand l'occasion se présentait. Et je pouvais toujours échapper à la présence parfois étouffante de Carl pour me réfugier chez moi, dans mon lit. Même à ces moments-là, mes rêves, mes fantasmes scandaleux me trahissaient : ils étaient remplis de femmes voluptueuses vers qui je me tournais avec un plaisir coupable.

D'une manière ou d'une autre, j'avais réussi à me convaincre que ces désirs finiraient par s'évaporer dans la réalité d'une hétérosexualité à plein temps.

J'avais cru être bien préparée, mais je ressentis l'intimité forcée du mariage comme une agression à mon encontre. Ce n'était pas la faute de Carl : il était gentil, affectueux tandis que je faisais mon possible en retour pour jouer le rôle que l'on attendait de moi. Et en surface, c'était réussi car personne ne semblait sentir que quelque chose n'allait pas. Mes parents approuvaient ; Carl commença à parler de faire un enfant.

Il disait m'aimer ; il me désirait sans aucun doute. En me remémorant ces années passées, je trouve étrange d'être presque incapable de me rappeler son visage, mais en revanche j'ai encore le souvenir précis de sa jubilation quand il me possédait, de ses mains toujours avides de mon corps.

Vif aussi, comme sauvegardé sur pellicule, est le souvenir de cette nuit décisive. Au début, ce fut une soirée comme les autres. Carl, épuisé après l'amour, s'était endormi, un bras autour de moi, dans une étreinte possessive inconsciente. J'étais étendue, à regarder les dessins que les réverbères jetaient sur le plafond et je déclarai, dans l'obscurité :

— C'est fini. Ça suffit.

Pourquoi cette nuit en particulier ? Peut-être était-ce à cause de la prévenance tyrannique de Carl qui, soucieux de me voir réagir à ses caresses, m'avait dit d'un ton presque plaintif :

— Chérie, ce n'est pas agréable pour moi si tu ne jouis pas aussi.

Faire semblant était tellement plus simple que d'essayer laborieusement de parvenir à un orgasme que je n'atteignais jamais ou presque ; pourtant cette fois, je me révoltai contre cette obligation de jouir sur commande, en essayant de rire de cette défaillance.

— Je dois être fatiguée et au bord de la migraine.

Mais Carl était tenace dans la recherche de mon plaisir. À la fin, forcée de feindre un orgasme, je comblai ses exigences.

Allongée là, tranquille à côté de son sommeil satisfait, je me sentis immensément soulagée de cette décision, même si cela signifiait que j'allais devoir faire face à l'incompréhension de mes parents et à la stupéfaction et à l'angoisse de Carl. Je me rendis compte qu'il serait presque impossible d'expliquer mon choix ; je me préparai ainsi, avec une certaine impatience, à endosser les reproches, car cela m'aiderait à atténuer ma culpabilité.

En effet, Carl avait été affolé, mes parents étonnés.

— Divorcer ? avait dit ma mère, comme si le mot lui-même avait un goût déplaisant. Il n'en est pas question, Alex. Une courte séparation, peut-être, mais pas un acte aussi radical.

Cela avait été pourtant un acte aussi radical. Carl avait résisté jusqu'à la décision finale, puis, déçu, il m'avait enfin laissée tranquille.

Je chassai ces souvenirs quand Sir Frederick arriva. Il s'arrêta un instant à l'entrée pour balayer la salle du regard. Grand, impeccablement vêtu d'un léger costume d'été, sa peau bronzée en contraste avec son épaisse chevelure blanche, son grand nez d'aristocrate mis en valeur par les contours nets de sa moustache blanche, il traversa la pièce à grands pas, souriant et saluant au passage un invité particulièrement important. Je suivis sa progression avec un respect amusé, sachant que tout cela était parfaitement répété. Tard dans l'après-midi, nous avions revu ensemble le plan de salle, en nous assurant que les sommités les plus influentes du tourisme recevraient une attention spéciale.

Le bourdonnement des conversations s'arrêta et il commença son court discours de bienvenue, plein d'humour, et cependant incisif, son accent britannique à peine émoussé par les années passées en Australie. J'admirai sa faculté naturelle à retenir l'attention de la centaine de professionnels aguerris qui composaient son public.

J'avais remarqué l'arrivée de Lee Paynter juste après celle de Sir Frederick. Elle avait pris un siège un peu à l'écart de la table principale. Elle portait une simple robe de lin blanc, et pour seul bijou, un bracelet en argent finement ajouré qui scintillait quand elle levait son verre. Elle semblait écouter attentivement Sir Frederick, ses yeux gris ardoise fixés sur lui, sa bouche formant un sourire aux moments opportuns. Puis soudain, elle tourna la tête pour me regarder.

Je me sentis ridiculement exposée, comme si j'avais été surprise la main dans le sac. Je soutins son regard avec un sourire poli, puis détournai les yeux, en faisant semblant d'être très attentive au discours de Sir Frederick.

Le trouble qui me parcourut n'avait aucune raison d'être. Lee Paynter ne pouvait pas savoir que nous étions liées par nos natures, ou que j'éprouvais une légère attirance à son égard. Et elle ne le saurait jamais. Ma carrière, ma relation avec mes parents avaient par le passé toutes deux failli être détruites, et je n'avais pas l'intention de courir le risque que cela se reproduise.

Soit raisonnable, Alex. Tu vas devoir t'occuper de Lee Paynter durant une quinzaine de jours. Alors, qu'est-elle au fond pour toi ? Juste une personne dont tu as la charge et qui, si elle est satisfaite de tes services, aura une grande incidence sur ta carrière.

C'était un marché équitable : je me servirais d'elle comme elle se servirait de moi ; nous étions utile l'une à l'autre dans un contexte donné.

Sir Frederick conclut par une belle tournure, il y eut des applaudissements puis le centre de l'attention se porta sur la présentation spectaculaire des fruits de mer.

Malgré mon goût pour les crustacés, je trouve la formule buffet et la goinfrerie qu'elle implique repoussants. Leurs assiettes prêtes à déborder, les invités s'attaquèrent avec ferveur à leur dîner : à briser des carapaces, évider des poissons blancs, sucer bruyamment des pattes de crustacés, avaler des huîtres : tout ceci la bouche pleine et avec un enthousiasme que des repas plus traditionnels ne parviennent pas à susciter.

Aussitôt qu'il fut décent de le faire, je m'échappai pour aller marcher seule sur la plage désertée. La lune ne s'était pas encore levée et les étoiles brillaient. Comme toujours, je repérai la Croix du Sud. Visible uniquement dans l'hémisphère Sud, sa constellation figure sur le drapeau australien ; pour moi, c'est aussi un talisman personnel, sa beauté et sa constance sont un réconfort dans un monde capricieux.

Je restai debout, les mains derrière le dos et je fixai au-dessus de ma tête les cinq étoiles et les deux flèches lumineuses.

Je suis plus heureuse seule...

Je fronçai les sourcils, me demandant pourquoi j'avais eu besoin de me remettre cela en mémoire.

3

Quand je vins la chercher dans la tiédeur de la matinée, je vis que Lee était vêtue d'une chemise blanche, de jodhpurs et de bottes. Je me sentis immédiatement en infériorité. N'ayant pas de tenue d'équitation, je portais un vieux jean. Nul doute que cette satanée bonne femme avait la tenue adaptée à chaque circonstance.

— Pas de cravache ? dis-je.

Lee sourit à cette allusion moqueuse.

— J'ai laissé la veste de chasse et le chapeau à la maison.

Il avait plu pendant la nuit et l'air humide était comme du vin. Nous gagnâmes les écuries dans un petit buggy électrique et tandis que nous longions le terrain de golf, je la vis jeter un regard intéressé sur une femme rousse superbe sur le point de commencer une partie matinale avec un partenaire.

Des pensées me traversèrent l'esprit et me firent détourner les yeux. *Cela ne vous gêne-t-il pas que les gens sachent que vous êtes homosexuelle... qu'ils jasent dans votre dos ? Cherchez-vous de l'action ?* pensai-je ensuite avec plus d'amertume, *Si c'est le cas, vous pouvez la trouver toute seule.*

— Jouez-vous au golf ? demanda Lee.

La femme aux cheveux roux venait d'effectuer un swing gracieux.

— C'est Sharon Castell, dis-je, notre directrice de publicité et elle joue très bien au golf, bien mieux que moi. Je peux vous arranger une partie avec elle si vous le souhaitez.

Je fus presque tentée d'ajouter que Sharon était aussi *très bien* mariée à un joueur de football professionnel.

— J'ai rencontré Sharon aux États-Unis, elle faisait partie de l'équipe de l'APP. Oui, j'aimerais bien jouer au golf avec elle.

— Je vais voir ce que je peux faire.

À l'écurie, une bande de lève-tôt observait, mal à l'aise, un groupe de chevaux qui avait l'air de s'ennuyer ferme. Un homme mince comme un lévrier, en train de serrer les sangles et de vérifier les brides, s'adressa à nous d'une voix nasillarde :

— Vous avez déjà monté ?

Notre réponse par l'affirmative le fit grommeler :

— Nous allons voir ça.

Montrant deux chevaux attachés à l'écart des autres, il dit :

— Remarque, vaudrait mieux que vous ne racontiez pas de salades car si c'est le cas, ces deux-là se chargeront de vous le faire regretter.

Il regarda d'un air critique Lee ajuster ses étriers, puis monter le cheval gris avec une grâce pleine d'assurance. Quand je me hissai sur la selle du gros cheval bai qui trépignait, il grommela à nouveau.

— OK. Ça devrait aller. Vous feriez mieux de partir devant pendant que je m'occupe de ce groupe là-bas. Le parcours est fléché jusqu'à la plage. Quand vous y serez, allez jusqu'au bout et attendez. Et ne faites rien de stupide. D'accord ?

Le chemin serpentait au creux de la forêt tropicale, une langue de terre battue à travers les tons verts chatoyants des sous-bois. Des fougères luxuriantes, prisées dans des climats plus froids, poussaient à profusion sous l'épais feuillage des arbres et des plantes grimpantes. Il y avait une forte odeur de bois pourri et d'humus, chaude et humide, pas réellement déplaisante mais entêtante.

Nous partîmes au pas, poursuivîmes au trot, puis finalement au petit galop lorsque le chemin s'aplanit en une piste plus large à travers la dense végétation. Je n'avais pas monté depuis longtemps, mais mon corps se souvint de l'équilibre et du rythme qui rendent ce sport si agréable, et l'odeur de cheval et de cuir me ravit. Jetant un coup d'œil à Lee, je ne fus pas surprise de découvrir qu'elle montait avec un style détendu et confiant qui suggérait une grande expérience de l'équitation.

Je ne pouvais que sourire de mon irritation. Cette bonne femme excellait donc dans tout ce qu'elle faisait ?

Nous sortîmes de la forêt pour atteindre la plage au bout de l'île, une longue et fine bande de sable ocre, bordée d'un côté de vaguelettes pleines d'écume, fouettées par une forte brise, et de l'autre, d'un enchevêtrement de végétation et de débris rejetés par les tempêtes. Au large, quelques véliplanchistes filaient au vent sur leur matériel flambant neuf, dans un équilibre précaire entre vitesse maximale et mise à l'eau honteuse. Autrement nous étions seules.

Le cheval gris de Lee levait haut ses jambes, piaffant d'impatience sous les rênes tendues. Lee jeta un œil sur mon cheval hongre tout aussi impatient :

— On fait la course ? me défia-t-elle.

— Ça marche !

Libérés, les chevaux s'en furent joyeusement, leurs sabots frappant en rythme le sable durci. J'avais donné un coup de talon dans les flancs de ma monture et elle avait bondi tel un pur-sang au galop, laissant le cheval gris derrière elle. Je me penchai sur son encolure pour l'encourager à aller plus vite. Sa crinière me fouettait le visage, les arbres et les buissons sur ma gauche se confondirent en un mur vert continu, une volée de mouettes s'envola en protestant bruyamment.

Lee avait mené son cheval sur le sable dur au bord de l'eau et ses sabots soulevaient des nappes de sable mouillé tandis qu'il gagnait du terrain sur le bai.

— Je vous ai rattrapée ! cria-t-elle une fois à mon niveau.

Je me levai sur mes étriers quand mon cheval se ramassa sur lui-même pour sauter un énorme tronc d'arbre qui barrait la plage. Pleine de peur et d'excitation, je poussai un cri lorsqu'il atterrit avec adresse et reprit son galop tête baissée.

Regardant par-dessus mon épaule, je vis que Lee avait évité l'arbre tombé en entrant un peu plus loin dans l'eau, et qu'elle regagnait du terrain sur moi. C'était une superbe cavalière, audacieuse, tenant parfaitement l'équilibre, et elle me dépassa à toute vitesse juste avant que la plage ne s'achève dans un enchevêtrement de bois flottants.

Elle s'arrêta gracieusement dans une pluie de sable, je faillis tomber quand mon cheval se mit droit sur ses pattes pour accomplir le même arrêt soudain.

— Un partout, dit Lee. Vous gagnez au tennis, je gagne la course hippique.

Sur ma monture haletante, je me sentais détendue.

— Êtes-vous toujours aussi compétitive ? dis-je en sortant de ma réserve.

— Toujours.

Comprenant soudain que j'avais dépassé les bornes, j'ajoutai à la hâte :

— Désolée, je n'aurais pas dû dire ça.

— Pourquoi pas ?

— C'était grossier...vous pourriez penser que, d'une certaine façon, je vous critiquais.

Lee eut un rire rauque :

— C'était le cas ?

— Non, bien sûr que non.

Son regard amusé me provoqua et je ne pus tenir ma langue.

— Je veux dire… je pense être aussi compétitive que vous, mais je ne le montre pas…

— Maintenant vous m'accusez d'être prévisible.

Cette remarque m'irrita. *Cette femme s'amuse avec moi. Elle sait que je suis censée faire ses quatre volontés, mais que le diable m'emporte si je m'excuse encore…*

À mon soulagement, je vis apparaître les autres cavaliers au bout de la plage.

— Je vais à leur rencontre, dis-je en talonnant ma monture.

Je gardai à l'esprit son signe de tête ironique tandis que le bai trotta le long de la plage.

J'avais été prévenue que Lee Paynter était dure, exigeante et difficile à satisfaire — alors pourquoi diable faisais-je des joutes oratoires avec elle ? Amère, j'envisageai les possibilités : peut-être était-ce à cause d'un désir inconscient de ruiner ma carrière. Ou peut-être mon ressentiment était-il dû à la confiance qu'elle avait en elle et que je lui enviais.

Quand c'était possible, Sir Frederick programmait chaque jour de congrès une brève réunion matinale du personnel, et il réprouvait les retardataires. En l'espace de quarante minutes, j'avais raccompagné Lee à son bungalow, je m'étais douchée, changée pour un short blanc et un haut rose plutôt vif, j'avais épinglé mon badge vert et or et m'étais dépêchée pour rejoindre la vingtaine d'employés de l'APP dans la salle de réunion du bloc administratif.

Sharon Castell et Steve Monahan me firent un signe de la main, me montrant qu'ils m'avaient réservé un siège, mais avant de pouvoir le prendre, Sir Frederick m'interpella.

— Alexandra, j'ai remarqué que vous aviez quitté très tôt le dîner hier soir…

Surprise d'avoir manqué à quelqu'un au cours de ce

glorieux étalage de fruits de mer, je répondis :

— Je suis désolée, Sir Frederick, j'étais fatiguée. J'ai donc pris l'initiative de m'éclipser. Aviez-vous besoin de moi pour quelque chose ?

Il me tapota le bras.

— Deux trois petites choses mais elles peuvent attendre. Comment ça va avec Lee Paynter ?

— Très bien.

Son expression montrait qu'il attendait une réponse plus détaillée alors j'ajoutai :

— Vraiment très bien. Nous avons fait du cheval ce matin.

— Excellent. Mais si vous avez un quelconque problème ou souci, Alexandra, je veux que vous veniez me trouver immédiatement. Son bon vouloir est très important, comme vous le savez.

Quand je rejoignis les autres, Steve, qui ressemblait plus que jamais à un stéréotype du mâle australien, fit remarquer avec satisfaction :

— Je t'ai dit que Sir Fred était intéressé : il ne peut pas s'empêcher de te toucher.

Je le regardai fixement.

— Ce n'est pas la peine de me fusiller du regard, Alex, continua-t-il, car je suis sûr que Sharon est d'accord avec moi.

Cette dernière fit les yeux ronds.

— Je t'ai vue sur le green ce matin, lui dis-je, pour changer de sujet. Ça s'est bien passé ?

— C'était super, même si j'ai perdu une balle dans la forêt.

— Lee Paynter veut jouer au golf, et je ne remplis pas ses critères : je suis juste bonne à labourer le terrain avec mon club. Est-ce qu'il t'est possible de t'accorder avec son emploi du temps ?

Sharon fit un grand geste :

— Le client est roi. Je vais voir avec elle et prendre rendez-vous.

Je lui souris, en pensant à quel point notre amitié solide et sans contrainte m'était précieuse. Sharon Castell était une femme imposante, à la fois par son physique et son attitude extravertie ; elle avait un sourire si large et si blanc qu'elle semblait avoir été dotée d'un nombre de dents supérieur à la normale. Ses cheveux roux flamboyants jaillissaient en vagues épaisses et indomptables. Les gens répondaient agréablement à ses manières franches et chaleureuses. J'étais non seulement très attachée à elle, mais je l'admirais aussi professionnellement. C'était une publicitaire accomplie, et sa collaboration à l'Australasian Pan Pacific avait fait beaucoup pour assurer au congrès une liste d'invités de marque. Je crois qu'elle appelait presque tout le monde par son prénom, mais cette familiarité naturelle ne dénotait ni opportunisme ni à-propos de circonstance.

Sir Frederick s'était placé derrière le pupitre sur l'estrade. Il donna un coup sec pour obtenir l'attention, attendit que le murmure des conversations se transforme en silence respectueux, puis il commença la réunion. Il était tiré à quatre épingles, dans ce que j'appelle « la tenue vestimentaire tropicale du gentleman anglais » : une chemise safari beige, un short marron juste au-dessus du genou, des chaussettes montantes assorties et des chaussures ouvertes en cuir souple. La touche finale de cette tenue trônait sur une table : un panama beige, décoré d'un ruban du même tissu que sa cravate.

Même si c'était une idée ridicule, je réfléchis à la suggestion de Steve qui pensait que Sir Frederick s'intéressait à moi sur un plan plus personnel. Il était veuf, sa femme, une romancière respectée mais plutôt maniérée, était morte deux ans auparavant. On pouvait aisément dire que c'était un bon parti : il avait un titre, de l'argent, il appartenait à une élite sociale ; il était bien conservé, avait une allure distinguée et des manières avenantes. Je souris intérieurement. Était-il vraiment concevable que Sir Frederick puisse me considérer comme la future Lady Alexandra ?

Steve me regardait attentivement. Il me donna un coup de coude dans les côtes :

— Tu étudies la question, hein ?

Sir Frederick fit une pause, de toute évidence irrité que quelqu'un parle pendant son discours. Il attendit suffisamment longtemps pour que tout le monde comprenne, puis il acheva son bref exposé avec les activités de la journée.

Tandis que des emplois du temps étaient distribués par Jackie Luff, sa secrétaire au visage anguleux, Sir Frederick termina par ses habituels encouragements à l'intention de ses troupes.

— Et je suis sûr que je n'ai pas besoin de vous rappeler que nos invités sont des gens très importants. Je veux que tous apprécient chaque moment, et repartent avec une image de l'Australie plus que favorable. Nous sommes ici pour nous assurer qu'ils sachent ce que notre pays a à offrir à leurs clients, des paysages parmi les plus spectaculaires du monde, mais aussi notre façon de faire les choses d'une manière décontractée, amicale mais efficace.

C'était caractéristique de sa rhétorique de le voir attendre quelques instants pour que ses paroles produisent leur effet, avant de conclure :

— Et pour finir, nous sommes tous ici pour que les choses se passent sans accroc, pour promouvoir le tourisme australo-asiatique, et bien sûr, pour prendre aussi du bon temps.

Steve pouffa de rire.

— Prendre du bon temps ? J'essaie de tenir le rythme et ça me crève !

Il me donna un autre coup de coude :

— En parlant de bon temps tiens, comment ça va avec Lee Paynter ?

— Steve, pourrais-tu garder ton coude pour toi ?

Ignorant ma plainte, il ajouta d'un ton enjoué :

— Elle a la réputation d'aller vite en besogne. Elle les prend, elle les jette. Tu sais comment ça se passe.

Son sourire était presque malveillant.

— Elle t'a pas encore sorti le grand jeu ?

Sharon leva les sourcils, mais je fis en sorte de rester impassible.

— Pas encore. Et c'est peu probable, Steve.

Il poursuivit d'un ton facétieux :

— Alors, ma belle, si *toi* tu n'es pas sa tasse de thé, fais gaffe de ne pas te retrouver à lui dénicher de la chair fraîche. Souviens-toi que Sir Frederick veut qu'elle soit satisfaite à 100 %.

J'en eus assez.

— Tu m'imagines entremetteuse, n'est-ce pas, Steve ?

Il cligna des yeux. Je ne jouais pas le jeu comme il le souhaitait.

— Oh, cool, Alex. C'était juste une blague.

— Ça ne me fait pas rire.

Steve détestait être mis en boîte, il prit donc une nouvelle fois l'initiative.

— Lee Paynter n'est pas si mal *et* elle est pleine aux as. Quel gâchis !

Bien que l'expérience m'ait appris que la meilleure voie à suivre était de l'ignorer, je ne pus résister.

— Tu dis tout ça parce qu'à toi, elle ne t'a jamais accordé le moindre intérêt.

Sharon nous écoutait, un sourire cynique aux lèvres.

— Je ne te le fais pas dire, petite, me dit-elle.

Il ne fut pas offensé par ma remarque, juste amusé.

— Tout à fait vrai, ma belle, tout à fait vrai.

Il ajouta avec un regard lubrique à moitié sérieux.

— Je parie que je pourrais la remettre dans le droit chemin, si on m'en donnait l'occasion.

Sharon s'esclaffa :

— Ne me dis rien : laisse-moi deviner. Juste une nuit formidable avec toi y suffirait. C'est ça ?

— C'est ça. Être bien baisée, c'est ce qu'il lui faut. Et je suis son homme.

Sharon gloussa à ma réponse.

— Je ne manquerai pas de le lui dire. Je suis certaine qu'elle sera emballée par ton offre.

— Il te cherche, dit Sharon une fois qu'il fut parti. Ne le laisse pas faire... c'est sa façon à lui de s'amuser.

Je haussai les épaules. Steve et ses motivations étaient le cadet de mes soucis. Il n'en allait cependant pas de même avec ma mission auprès de l'Américaine.

— Sharon, tu connais bien Lee Paynter ?

— Aussi bien que n'importe qui dans le tourisme, j'imagine. Je ne crois pas que beaucoup de gens soient proches d'elle.

— Et ?

— Et elle est super. Je l'aime bien.

Je lui adressai un sourire affectueux.

— Sharon, tu aimes bien tout le monde. C'est ton boulot.

— Oui, mais j'aime vraiment bien Lee. Elle sait être impertinente, elle est dure en affaires, mais elle a de l'intégrité.

— Je suis censée m'occuper d'elle. Cela m'aiderait si j'en savais un peu plus sur elle. Tout ce que j'entends c'est qu'elle est charmante mais foncièrement impitoyable, et qu'elle a la réputation d'être difficile.

Sharon sourit.

— Si Lee était un homme, elle serait admirée pour son dynamisme acharné et ses méthodes rigoureuses. Puisque c'est une femme, elle est impitoyable et difficile.

— Alors que sais-tu de cette femme impitoyable et difficile ?

Sharon ouvrit grand les bras.

— Les ragots ? Ou seulement les faits ?

Je mis la main sur son épaule, consciente de ne chercher que très rarement ce genre de contacts physiques pourtant bien banal.

— Ce que tu voudras bien me dire. Allez, viens, je t'offre un café et tu me racontes tout.

Le bar de Tern Island était remarquable, mais pas

seulement pour son café : il proposait un choix de gâteaux exotiques, de tartes, de pâtisseries et de desserts qui faisait passer les régimes pour des actes de bravoure. Sharon, déclarant que l'abnégation était dangereuse pour le caractère, choisit une part du gâteau au chocolat le plus riche et le plus consistant parmi ceux qui étaient généreusement présentés dans la vitrine réfrigérée. Je n'aimais pas particulièrement les sucreries — mes parents avaient sévèrement limité ce genre de frivolités quand j'étais enfant, c'est pourquoi je choisis du fromage et des crackers.

Sharon jeta un coup d'œil compatissant à mon assiette.

— Il faut te faire plaisir de temps en temps, Alex. Ce n'est pas drôle d'être puritaine en permanence.

— Mais je ne le suis pas ! protestai-je, mi-figue, mi-raisin.

— Tu es dure avec toi-même, continua Sharon, sans sourire. On dirait que tu ériges des règles et des règlements pour diriger ta vie. Où est ton espace de liberté ?

Ce n'était pas une conversation facile, et elle l'était d'autant moins que son jugement sur les gens était toujours d'une justesse déconcertante.

— Assez parlé de moi, dis-je d'un ton léger. Passons à ce que tu sais sur Lee Paynter.

Sharon réfléchit en prenant un bon morceau de son gâteau.

— OK, nous avons donc une femme qui réussit très bien et qui n'en est pas arrivée là en se faisant passer pour une Gentille Organisatrice. D'où toutes ces remarques qui la décrivent comme une garce plutôt casse-couilles.

— Je n'ai jamais entendu quelqu'un dire des choses aussi excessives...

— Bien sûr que si. Tu n'y as simplement pas prêté attention. Steve en est le parfait exemple. Et il est doublement menacé par le fait qu'elle soit ouvertement homosexuelle. Ce qui signifie qu'elle ne peut pas être intimidée sur un plan sexuel, ou encouragée à jouer le rôle de la petite femme modèle.

Je fus étonnée de la colère qui perçait dans la voix de Sharon.

— Je ne m'étais pas rendu compte que tu réagissais comme ça.

Elle passa les mains dans sa crinière de cheveux roux.

— Je suis dans la publicité. J'aime tout le monde, tu te souviens ?

Elle continua, plus sérieusement.

— Tu dois savoir ce que c'est. Tu ne peux pas juste te reposer sur tes lauriers : tu dois prouver sans cesse que tu es meilleure que la concurrence masculine. Et en même temps, faire attention à ne pas révéler quoi que ce soit que l'on puisse qualifier de faiblesse féminine. Est-ce que je me trompe ?

Je haussai les épaules.

— Je suppose que non.

— Lee Paynter a choisi de ne pas gravir les échelons à l'intérieur d'une entreprise mais de diriger la sienne. Et malgré ça, elle doit encore traiter avec des sociétés dirigées par des hommes qui n'aiment pas les femmes de pouvoir.

Soudain, je me sentis morose.

— C'est sacrément déprimant.

— Non, pas du tout. Pas quand des femmes comme Lee arrivent au sommet. Et elle n'a pas hérité de l'entreprise familiale ou de son mari, elle l'a construite toute seule.

— Bon, et comment est-elle, en tant que personne ?

D'un air pensif, Sharon mélangea le sucre de son cappuccino.

— Je crois qu'il y a plus que ce qu'il nous est donné de voir, mais elle n'est pas du genre à le montrer. Des tonnes de ragots à son sujet, évidemment puisqu'elle ne cache pas son homosexualité. Pour ce que cela vaut, j'ai entendu dire qu'elle collectionnait les aventures. La première fois que je l'ai rencontrée en public, elle était avec une femme et la semaine suivante, c'était une autre, donc je pense qu'il y a du vrai. Mais entre nous soit dit, elle ne mélange jamais les affaires et le plaisir. Comme tu dois t'en douter, il y aurait des gens qui seraient trop contents de répandre des rumeurs l'accusant de harcèlement sexuel.

Elle fit une pause pour boire une gorgée de café.

— Alors, c'est ce que tu voulais savoir ?

Je me sentis mal à l'aise, et je me demandai si cette discussion sur la vie privée de cette femme *était* vraiment ce que je voulais. Je m'éclaircis la voix.

— Son affaire marche très bien...

— Comme il se doit. Pour résumer, Lee Paynter sait ce qu'elle veut et la plupart du temps, elle l'obtient.

Sharon sourit en ajoutant :

— Mais au cas où tu t'inquiéterais, peu importe ce que Steve raconte, je n'ai jamais entendu dire qu'elle faisait des avances à des femmes qui n'étaient pas homosexuelles...

— Et tu sais à quel point j'adore brûler la chandelle par les deux bouts, dis-je d'un air moqueur.

Ce qui rend, entre autres, Tern Island particulière est la présence sur le site d'une communauté d'artistes. Le groupe fut fondé il y a quelques années par un potier excentrique et il est désormais bien établi dans une clairière de la forêt, à distance respectable de la plage. C'est un arrangement mutuel : les brochures du village décrivent la communauté comme un supplément d'exotisme par rapport aux offres habituelles des paradis tropicaux ; les artisans et les artistes vendent leurs œuvres aux visiteurs curieux.

Sir Frederick en personne se joignit à notre groupe de dix invités prévu pour une visite matinale du centre artisanal et de ses productions. Hilary Ferguson, splendide mais incongrue dans sa tenue safari beige des plus élégantes, bavarda avec lui un moment. Je trouvais que leur accent anglais posé était déplacé dans cet environnement tropical étouffant. Puis Sir Frederick me dit quelques mots au sujet de l'affrètement d'hélicoptères pour visiter le cap Tribulation.

Quand je le vis marcher jusqu'à la tête du groupe, il me fit irrésistiblement penser à un chef scout sur le point de commencer une excursion. Nous nous mîmes en route, dociles derrière lui, les mots hachés par son accent anglais parvenant jusqu'à l'arrière tandis qu'il parlait avec enthousiasme à un tour-opérateur japonais particulièrement important.

— Notre Fred courtise le yen, dit Steve en me rattrapant.

Aujourd'hui il portait une version vert jungle de sa tenue *aussie,* et je jetai un coup d'œil à sa ceinture, m'attendant presque à y trouver une machette, ou, au minimum, un grand couteau.

— Où est Lee ? demanda-t-il.

— Devant nous. Elle parle au délégué russe.

— Tu vois, elle ne rate jamais le coche. Ça va être la débauche maintenant que le monde communiste s'ouvre largement au tourisme — et elle s'y trouve avant les autres.

Il s'interrompit quand nous arrivâmes à la hauteur de Lee qui nous attendait au bord du chemin. Steve lui fit son sourire de petit garçon :

— Salut, dit-il de manière expansive. Alex s'occupe correctement de vous, j'espère ?

— Bien sûr.

Je fus amusée de voir son sourcil levé, son étonnement poli devant une telle question.

— Oh, parfait, dit-il, décontenancé.

Puis, ajoutant un chaleureux « à plus tard », il se laissa distancer pour rejoindre Hilary Ferguson.

— Il est un tantinet condescendant peut-être ? dit Lee.

— Juste un tantinet, fis-je pince-sans-rire et sa bouche fit une grimace.

L'air était imprégné d'une odeur épaisse et humide de

décomposition et du bourdonnement incessant des insectes. Le chemin jusqu'au centre artisanal conduisait à un pont suspendu fait de cordes et de planches, surplombant un ravin si encombré de végétation qu'il était impossible d'évaluer sa profondeur réelle. Après avoir traversé le pont, le sentier contournait d'énormes racines apparentes et des troncs d'arbres impressionnants. Au-dessus de nos têtes, la masse des arbres nous cachait de manière efficace une bonne partie du soleil si bien que les fougères et les palmiers — des plantes en pot cajolées dans des climats plus tempérés — poussaient à l'excès, jaillissant avec vigueur des couches de feuilles et d'écorces en décomposition. Presque théâtrales, de lourdes plantes grimpantes pendaient en boucles gigantesques des arbres qu'elles étranglaient.

— Je ne serais guère surprise d'apercevoir Tarzan se balancer, dit Lee.

Me jetant un regard en coin, elle ajouta :

— Ou de préférence, Jane.

Je souris brièvement en me demandant ce qu'elle pensait de moi, si elle avait la moindre opinion sur moi. Supposait-elle que j'étais hétérosexuelle ? Ou peut-être devinait-elle la vérité, que le sexe n'était pas très important pour moi. Que cela m'était indifférent, par nature.

Mes pensées furent interrompues par son accent américain.

— J'ai discuté avec Sir Frederick du concept d'écotour dans des contrées vierges que des touristes américains ne seraient pas habitués à voir.

— De l'aventure en douceur ?

Cette appellation m'enchantait, résumant fort bien l'idée de l'audace associée au confort.

— Pas nécessairement si douce. Nous sommes quelques-uns à pouvoir nous passer d'une douche chaude quotidienne. Sir Frederick m'a dit que vous auriez des suggestions à me faire. Ce que j'aimerais ce sont les itinéraires détaillés des possibilités d'excursions de quelques jours qui pourraient être proposées en option ainsi que des devis de prestataires présents dans ces régions. OK ?

— Quand souhaiteriez-vous avoir ça ?

— Le plus tôt possible.

J'acquiesçai d'un sourire mais pleine d'amertume, n'en pensant pas moins. Bien entendu elle voulait tout le plus tôt possible. Ce que Lee Paynter exigeait, Lee Paynter l'obtenait. Je m'autorisais le luxe de me sentir exploitée, mais je finis par admettre une vérité qui me dérangeait : je cherchais juste quelque chose à détester chez elle. Ce n'était pas sa requête parfaitement raisonnable de lui fournir des informations sur les excursions qui m'avait mise sur la défensive, c'était la facilité qu'elle avait d'aborder sa sexualité que je trouvais agaçante.

J'entendis la voix de ma mère, douce mais mordante.

— Les gens parlent, Alex. Ils disent des choses sales, répugnantes sur Zoé et toi. Des choses inimaginables...

J'étais tellement absorbée par mes pensées que j'avais suivi distraitement le mouvement jusqu'à notre destination. Je contemplai la scène, *trop* théâtrale, *trop* artistique à mon goût. La forêt avait été éclaircie pour que les rayons du soleil inondent et mettent en valeur les différentes sculptures entourant l'attraction majeure : un bassin géant aux couleurs vives. Le bâtiment principal, construit avec des planches de bois teint enveloppé par un voile de plantes grimpantes en fleurs, avait un toit pentu avec une série de lucarnes en vitrail. Sur toute la bordure, se trouvaient plusieurs girouettes étonnantes, dont beaucoup étaient des assemblages de bois flottant et de métal émaillé.

Un homme portant une grosse barbe apparut, sa tunique rose jurant avec ses cheveux roux. C'était Malcom, le principal artisan de la communauté. J'avais déjà entendu son exposé et j'admirai la façon dont son baratin soigneusement préparé semblait spontané.

Il nous conduisit à l'intérieur des ateliers. Il y en avait un large choix : pour le travail du cuir, la poterie, le tissage à la main, la broderie, la peinture, la sculpture sur bois, les bijoux, les émaux. Certaines pièces étaient vraiment très belles, en particulier des bijoux en argent incrustés de pierres semi-précieuses, de morceaux de corail et de coquillages minuscules.

Des pensées incongrues me vinrent à l'esprit et je me demandai quelles pièces je choisirais pour Lee. Mon attention se porta sur un collier d'argent et de corail. Soudain je me rendis compte à quel point j'étais ridicule de choisir des bijoux pour une étrangère.

Bientôt je lui tricoterai un pull !

J'étais en colère contre moi-même. De toute évidence, cette femme ne m'était pas indifférente et cela en moins de deux jours. Je m'aperçus que je savais exactement où elle se trouvait — je n'avais pas besoin de regarder : elle était derrière moi et sur ma gauche, en grande conversation avec Malcom le barbu.

Discrètement, je me rapprochai. Elle était en train de discuter des objets artisanaux dont elle pensait qu'ils intéresseraient particulièrement les visiteurs américains, ainsi que des dispositions qui pouvaient être prises pour expédier des articles plus encombrants aux États-Unis.

Je fis un effort pour la juger avec objectivité. Elle paraissait intelligente et sûre d'elle. Elle semblait toujours sur le qui-vive, et elle avait son franc-parler, mais elle avait aussi un véritable charme. Quand elle écoutait, c'était avec une parfaite attention, son corps tout entier montrait sa concentration à son interlocuteur, comme s'il était en train de dire, à ce moment précis, la chose la plus intéressante du monde. Et quand elle parlait, sa voix était chaleureuse, pleine de vitalité et de sincérité.

La réponse enthousiaste de Malcom indiquait clairement qu'il était complètement désarmé par Lee. Dans ma position d'observatrice extérieure, je pouvais me dire : *je* ne suis pas désarmée. Je ne suis pas sensible au charisme de cette femme.

Tony Englert installa sa forte corpulence dans une chaise de bureau en soupirant.

— Alex, ma chérie, j'en ai jusque-là des splendeurs de notre beau pays.

Il leva la main au-dessus de sa tête. Son ton malheureux me fit sourire.

— Tu as un accès de congressionite aiguë, dis-je. Cela va passer. Fais-moi confiance. Je sais de quoi je parle.

Il ferma les yeux avec une lassitude exagérée.

— C'est facile pour toi de dire ça, au moins toi tu *fais* quelque chose. Moi je suis Sir Frederick à la trace en essayant de me rendre indispensable. Ce n'est pas vraiment drôle.

Il ouvrit les yeux.

— Soit dit en passant, il a l'air de montrer un vif intérêt pour ta carrière...

— Sir Frederick ?

— En personne.

— Qu'est-ce qui se passe ? dis-je, à la fois sceptique et agacée. C'est une conspiration ? Je parie que tu as entendu la version de Steve Monahan.

L'expression de Tony changea.

— Ce salaud ? siffla-t-il, méchamment. J'aimerais bien qu'il se prenne les pieds dans le tapis une bonne fois.

Je fus étonnée. Je n'avais jamais entendu Tony parler avec une telle haine.

— Qu'est-ce qu'il t'a fait ?

Il se redressa sur sa chaise, son visage retrouvant son expression plaisante habituelle.

— Rien qui ne vaille la peine de s'inquiéter.

Son ton montrait que le sujet devait être abandonné, aussi je m'empressai d'en changer :

— Lee Paynter a demandé des grandes lignes d'écotours possibles. J'ai l'impression qu'elle cherche de l'aventure à la fois rude et douce.

— Pourquoi pas notre forfait aventure ?

Tony faisait référence à un circuit optionnel que l'APP

avait conçu pour des propositions destinées à des moins de 35 ans, aventureux et sportifs : des activités ardues et parfois dangereuses comme faire de la descente en eau vive en Tasmanie, dormir à la belle étoile en Terre d'Arnhem, pratiquer la spéléologie dans des entonnoirs près de Margaret River en Australie-Occidentale.

— Trop dur, dis-je. Ces gens sont des touristes ordinaires qui veulent voir des choses différentes et excitantes mais dans des conditions pas trop inconfortables. Des suggestions ?

— Bien sûr. Il y a déjà Broome et la région des Kimberley. Non ? Et que penses-tu de Shark Bay ? C'est sur la liste du patrimoine mondial, d'une beauté surprenante et au milieu de nulle part. Alors, comment je m'en sors ?

Soudain parcourue d'un élan d'affection, je résistai à l'envie de me pencher vers lui et de le toucher.

— Un effort tout à fait remarquable, dis-je moqueuse, en me demandant ce qui ne tournait pas rond chez moi.

La bonne vieille Alex toute en retenue était sur le point de devenir — comble de l'horreur — démonstrative.

4

Le lendemain, avant le briefing, Sharon s'installa sur la chaise à côté de la mienne :

— J'ai fait ma partie de golf avec Lee, tôt ce matin, dit-elle. Elle m'a posé des questions à ton sujet : une espèce de contre-interrogatoire subtil.

— Oh ?

Sharon eut un large sourire.

— Tu peux faire semblant de t'en moquer autant que tu veux, je sais que tu brûles de savoir ce que j'ai bien pu dire sur toi.

Je me penchai vers elle, intriguée.

— Je suis davantage intéressée de savoir ce que Lee Paynter a bien pu demander et pourquoi.

— Je crois que c'est normal de sa part, elle aime avoir les bonnes infos sur les gens auxquels elle a affaire. C'est en partie pour ça qu'elle réussit.

Consciente que Sharon me taquinait, je ne pus pourtant pas m'empêcher de lui demander :

— Alors, qu'est-ce que tu as dit sur moi ?

Elle répondit avec une pointe d'ironie :

— Seulement la vérité, Alex, même s'il faut bien dire que la majorité des gens agissent comme si la vérité n'était pas toujours dans leur intérêt.

La vérité ? Le sujet devenait dangereux. Je ne pus empêcher un léger agacement dans ma voix.

— Quelle est ta version de la vérité ?

Elle me regarda vivement.

— Tu es fâchée ? Je pensais que tu serais contente de voir qu'elle s'intéressait à toi en tant que personne et pas seulement en tant qu'employée de l'APP.

— J'en suis ravie.

— Allez, Alex. Ne réagis pas comme ça. Je vais te dire exactement ce que je lui ai raconté.

Elle pouffa.

— Plus ou moins : je ne veux pas que tes chevilles enflent.

J'attendis patiemment, sachant qu'il était inutile de presser Sharon quand elle était d'humeur à plaisanter. Lorsqu'il parut évident que je n'allais pas répondre, elle poursuivit :

— Lee m'a dit que tu l'avais impressionnée, particulièrement je dirais sur le court de tennis. Elle m'a interrogée sur tes antécédents, et comment tu es entrée à l'APP. Je lui ai donné les grandes lignes de ta carrière, ce que j'en savais tout du moins, je lui ai dit que tu étais sur la pente ascendante, j'ai mentionné que notre amitié comptait beaucoup pour moi... ce genre de louanges, tu vois.

Je n'avais pas l'intention de formuler la question, mais la curiosité l'emporta :

— A-t-elle demandé si j'étais mariée ?

— En effet, elle l'a demandé. J'ai dit que tu étais divorcée. Ai-je bien fait ?

Notre conversation s'interrompit quand Sir Frederick frappa sur le pupitre pour obtenir le silence. Son assistante, Jackie, fusilla la salle du regard à sa place, en nous jetant un œil particulièrement virulent. Elle ne m'aimait pas, ça je le savais, mais les raisons et l'origine de cette antipathie à mon égard restaient un mystère.

Sir Frederick commença à parler, mais j'entendis à peine ce qu'il disait, car j'étais plongée dans mes pensées, irritée et contrariée par le fait que Lee Paynter ait posé des questions personnelles — et que Sharon y ait répondu.

Je soupirai, forcée de reconnaître que j'avais fait exactement la même chose en demandant des informations au sujet de Lee Paynter, par conséquent les réactions d'amour-propre n'étaient pas vraiment de mise. Bien entendu, je pouvais toujours trouver une justification à mon intérêt : savoir ce qui motive les gens était une partie importante du management.

Ainsi, d'un côté comme de l'autre, c'était un intérêt professionnel. Ni plus ni moins.

Steve et moi devions accompagner dix-huit invités sur le court vol jusqu'à Cairns, puis la moitié du groupe irait avec moi sur un catamaran en direction de la Barrière de corail pendant que Steve et les neuf autres embarqueraient pour une partie de pêche sportive à la poursuite du marlin noir. Le vol spécial à destination de Cairns partait immédiatement après la réunion si bien que j'avais prévu qu'un minibus récupère les invités et vienne ensuite nous prendre à la sortie du briefing.

Le bus arriva, Steve embarqua avec bonne humeur et force « *G'day* ». Je le suivis plus discrètement. Puisqu'il y avait une place libre à côté de Lee, je la pris.

— Alors, c'était bien le golf, ce matin ?

— Très bien. Sharon est une bonne adversaire.

Puis, sentant sans doute qu'il y avait peut-être plus dans ma question, elle ajouta avec un léger sourire :

— Et peut-être vous a-t-elle mentionné que j'avais posé des questions à votre sujet.

Je gardai un visage inexpressif. *Pourquoi est-elle si sacrément directe ? Est-ce pour me mettre en infériorité ?*

— Elle a en effet dit quelque chose dans ce sens…

Lee répondit à la question implicite :

— Je suis intéressée.

Je ressentis une pointe d'excitation inattendue, indésirable — et fus soulagée en voyant que nous étions arrivés à l'aéroport et que je n'avais pas à lui répondre.

Le pilote, qui appelait joyeusement « *mate* »* les personnes des deux sexes, chargea les bagages à main pendant que Steve et moi installâmes tout le monde à l'intérieur de l'étroite cabine. Je remarquai avec amusement qu'il s'arrangea pour qu'Hilary Ferguson embarquât après que les places à l'avant furent occupées afin de pouvoir s'asseoir à côté d'elle. En quelques minutes, nous fûmes prêts, le petit avion donna quelques secousses préalables puis rugit fortement jusqu'au bout de la piste et s'élança dans le ciel bleu pâle.

J'avais fait en sorte de ne pas me placer trop près de Lee... Je voulais analyser le plaisir surprenant qu'avait provoqué son intérêt pour moi.

Le bruit monotone du moteur rendait les conversations difficiles, le délégué Allemand à mes côtés parlait avec un fort accent germanique qui allait de pair avec sa corpulence, il me fut ainsi facile d'abandonner toute velléité de discussion. Il avait le siège côté hublot, aussi, après lui avoir signalé quelques endroits intéressants, je pensai avoir accompli mon devoir pour un temps et je pus me détendre.

Comme je détestais être étiquetée comme un colis, je saisis l'occasion d'ôter mon badge vert et or. Sir Frederick avait l'habitude irritante de faire des contrôles rapides sur le port du badge et aux réfractaires il disait toujours la même chose :

— Votre nom est important. Personne ne doit douter de votre identité et ce pourquoi vous êtes là. C'est un

* N.d.t. : L'ami.

pense-bête aussi bien pour *vous* que pour vos invités.

J'étirai les jambes autant que je le pus dans le minuscule espace et tentai de relâcher la tension entre mes omoplates. Lee occupait ma place préférée juste derrière le pilote et scrutait par-dessus son épaule l'eau parsemée d'îles au-dessous de nous. Je l'observai pensivement. Elle n'était pas quelqu'un que l'on pouvait ignorer. Peut-être y avait-il une aura autour d'elle qui dévoilait son énergie, sa conviction...

Comme dans la salle à manger, elle sembla sentir qu'on la regardait. Elle tourna la tête et me surprit avant que je puisse détourner le regard. Pendant un instant, nos yeux se rencontrèrent avec une intensité curieuse, puis Otto, mon large compagnon allemand tira sur mon bras en posant une question, et j'interrompis notre échange pour lui répondre.

Cairns, étalée le long de Trinity Bay, est entourée de plantations de cannes à sucre, d'ananas et de macadamia, chacune ajoutant sa touche verte particulière au patchwork de la région. Dans la baie, d'innombrables bateaux étaient blottis contre la côte ou, tels des jouets dans un bassin, entraient ou sortaient de la crique.

Tandis que l'avion piquait du nez en direction de la piste d'atterrissage, je jetai un coup d'œil sur les terres. Passives, sous d'épais nuages blancs, des collines vertes fripées délimitaient la riche bande côtière. Dans ces moments-là, quand je suis au bord de notre immense continent, même détachée du sol, j'ai toujours à l'esprit le Centre, cet immense et mystérieux cœur de l'Australie que l'on appelle l'*Outback*.

Comme d'habitude, Cairns baignait dans une atmosphère de liberté et de fête, avec ses hôtels luxueux, ses bars, ses restaurants, ses magasins pour pousser à la tentation ceux qui faisaient vivre la ville : les touristes. Le soleil dansait sur l'eau turquoise tandis que Steve conduisit son groupe essentiellement masculin vers Marlin Jetty où des bateaux élégants et impressionnants attendaient d'emmener des pêcheurs de marlins noirs, de requins et de barracudas dans la mer de corail.

Je fis une grimace en les regardant s'éloigner. L'année précédente, j'avais eu droit à une sortie d'initiation sur l'un de ces bateaux de pêche sportive. L'invité d'honneur était une star de la télé forte en gueule qui avait, avec l'aide discrète de l'équipage, harponné un énorme marlin. Manipulant la lourde canne à pêche avec de grosses difficultés, il avait sué et braillé tandis que le poisson se débattait furieusement pour rester en vie. Trop faible, il n'avait pas été capable de terminer cet exercice, alors un membre de l'équipage avait pris le relais. J'avais encore en mémoire le sourire fier et suffisant du pêcheur avec sa prise, quand il avait posé sur le pont avec l'énorme marlin suspendu à côté de lui, encore beau dans la mort.

Green Island, notre destination, était une île basse sur la Grande Barrière de corail, à moins d'une heure de Cairns. Le ferry, en aluminium poli et bien entretenu, fila sur l'eau en laissant derrière lui une traînée blanche. Je me sentais joyeusement revivre. L'odeur de la mer, le bruit du bateau sur l'eau, le goût du sel sur mes lèvres, la promesse chaude et paresseuse de la brise — tout cela me remplissait de joie.

Je passai mon groupe en revue : un Canadien, mince, sérieux ; mon imposant compagnon allemand, Otto ; deux femmes britanniques, l'une était la belle Hilary, superbe en blanc avec un large chapeau protégeant son teint clair, l'autre une Écossaise anguleuse avec l'accent mélodieux des Highlands occidentales et un air déterminé ; une Irlandaise pleine de vitalité qui disait vraiment « begorrah »* ; deux hommes scandinaves, tous les deux conformes au stéréotype du grand blond aux yeux bleus ;

* N.d.t. : Expression stéréotypée employée pour caricaturer la manière de parler des Irlandais.

un Argentin délibérément macho qui déployait une courtoisie appuyée auprès des femmes et lançait des regards soupçonneux à tous les hommes.

Et Lee.

Je m'occupai des boissons et des en-cas, répondis aux questions et maternai le groupe jusqu'à ce que les délégués se dispersent sur le bateau, pour se détendre et discuter ou simplement apprécier le paysage. Mais pas Lee. Elle rôdait impatiemment, prenant la mesure du catamaran, de la proue à la poupe, puis elle passa du temps à parler avec le capitaine. Je lui souris quand elle revint finalement sur le pont inférieur.

— Tout est satisfaisant ?

Elle semblait avoir envie de se détendre enfin. Elle s'étira voluptueusement.

— Absolument.

Elle fit un geste en direction des lignes vertes de l'île dont nous nous approchions rapidement.

— Et je crois que je suis sur le point de découvrir un peu plus de paradis.

Comparée à Tern Island, la minuscule Green Island était insignifiante. Des milliers d'années de remous avaient bâti ce petit récif par une accumulation de sédiments coralliens, de sorte que le corail vivant était à présent recouvert d'un manteau de luxuriante végétation. Et j'ai toujours pensé que Green Island était un nom terrestre injuste qui ne rendait pas compte du monde sous-marin enchanteur alentour.

Nous devions passer deux heures sur l'île, puis naviguer plus à l'est de l'autre côté de la Grande Barrière de corail. J'avais peu à faire étant donné que les membres du groupe avaient l'habitude de juger les attractions touristiques sans guide, mais je fis en sorte que chacun entre dans l'observatoire sous-marin qui était installé dans l'embarcadère où nous avions accosté.

En regardant à travers la vitre épaisse la beauté

étrange du monde sous-marin, je m'amusai à envisager une inversion dans les rôles : des humains prisonniers dans un container rempli d'air, pendant que les poissons nageaient en liberté.

Lee était captivée. Quand je la rejoignis devant l'une des vitres, elle me toucha le bras en disant :

— C'est merveilleux.

Ce fut seulement un effleurement de ses doigts, mais je ressentis ce contact avec intensité. Je résistai à l'envie de me frotter la peau pour ôter le frisson, me concentrant plutôt sur le microcosme de l'autre côté de la vitre. Des coraux, des étoiles de mer, des anémones, qui étaient connus d'après les brochures et les photos, mais qui étaient à présent tellement plus réels dans leur monde de lumière verte tamisée. Avec des couleurs et des dessins évoquant de délicieuses friandises, des poissons tropicaux partaient en flèche dans des ballets sous-marins bien réglés, ou nous regardaient pensivement en glissant devant nos yeux. Je pouvais en nommer certains — l'ange impérial avec ses rayures jaunes pétantes, le perroquet vert et bleu, les bandes carmin clinquantes de l'empereur rouge, le jaune, noir et blanc de la minuscule mais somptueuse idole mauresque.

Je rappelai au groupe qu'en raison de la marée basse, il était possible de marcher sur le récif lui-même, qu'il y avait des bateaux à fond de verre disponibles et que nous nous retrouverions pour déjeuner à midi.

Lee jeta un dernier regard à un banc de minuscules poissons lumineux zigzaguant en ordre précis, chaque membre apparemment programmé pour une série de mouvements compliqués. Puis elle dit brusquement :

— Je veux voir ce que donne l'île.

Elle tint parole. Ce ne fut pas une promenade de santé et je n'eus certainement pas le temps de m'arrêter pour admirer le contraste entre le sable de corail blanc, les formes tourmentées gris délavé du bois flottant et l'azur profond du ciel. Chaussées de tennis en toile pour protéger nos pieds des arrêtes coupantes, nous marchâmes jusqu'à la vaste étendue de récif apparent. Lee s'intéressait à tout, posant des questions avec une constance implacable et charmante à un naturaliste installé sur l'île, au sujet de la reproduction des polypes de corail, des possibilités de cuisiner la bêche-de-mer ou le concombre de mer, des capacités destructrices de l'étoile de mer couronnée de piquants, de la probabilité de se retrouver sur un poisson-pierre mortel, et demanda même si les mâchoires ouvertes d'une palourde géante pouvaient se refermer sur le pied distrait d'un nageur. Il rit à la dernière question :

— Ça ferait une belle anecdote, dommage que ça n'arrive jamais !

Ce fut la même histoire avec les bateaux à fond de verre. Lee noya notre guide sous ses questions pendant que nous flottions au-dessus de coraux qui étincelaient de couleurs éclatantes. Les énormes excroissances solidifiées avaient des tons violets, mauves, jaunes et bruns. Les branches délicates des coraux étaient phosphorescentes, roses, vertes et jaunes. Ce monde sous-marin grouillait de vie : des crabes mouchetés de rouge et de blanc, des étoiles de mer d'un bleu vif, des ophiures orange et noires, des bancs de poissons lumineux, des anémones rouges et roses avec leurs petits poissons accompagnateurs tapis, indemnes, entre leurs tentacules empoisonnés ; des limaces de mer plissées, des urchins de mer à la forme de crayons en ardoise, des raies à pois bleus. Et des coquillages : des cauris tigrés, des cônes drapés d'or, des coquillages araignées, des coquillages casqués, des coquillages écope, et les plus fascinants à mon goût, les palourdes géantes, posées avec leurs valves écartées pour montrer leurs beaux manteaux de velours dans des tons qui allaient du vert émeraude au bleu canard.

Lee posait encore des questions au cours du somptueux buffet de fruits de mer à bord du catamaran.

Pendant que nous mangions d'un vif appétit, elle interrogeait le personnel sur les possibilités de restauration.

— Vous *pourriez* vous détendre quelques minutes, proposai-je, adoucie, impulsive après un verre de vin.

— Je pourrais, mais je ne suis pas ici pour m'amuser. Je travaille.

Je ressentis une pointe d'antipathie pour cette femme brusque, qui prenait les choses trop à cœur. Je lui répondis par un léger signe de tête puis me détournai, me promettant à l'avenir de faire attention de ne pas outrepasser les limites. Je me considérerai comme une accompagnatrice rémunérée, pensai-je, furieuse.

Le soleil scintillait sur l'eau, mais une partie de l'enchantement s'était envolée et le charme des récifs isolés me laissa indifférente. Notre destination sur de la Grande Barrière de corail était l'un des nombreux îlots qui ensemble formaient la plus longue entité vivante du monde : deux mille kilomètres de minuscules polypes de corail, un mince vernis vivant construit sur des fondations créées par les innombrables squelettes de leurs prédécesseurs.

Quand nous mouillâmes près du récif extérieur, Hilary s'exclama :

— Est-ce une tortue ?

Elle montrait du doigt un dôme verdâtre à moitié immergé qui, lorsque nous regardâmes, plongea sous la surface. L'eau était si claire, cependant, que nous pouvions apercevoir la tête tendue de la tortue et le battement de ses pattes puissantes tandis qu'elle poursuivait un banc de poissons. Un des deux spécialistes de biologie marine qui nous avaient rejoints sur Green Island fut apparemment ravi de cette occasion de se rapprocher d'Hilary. Il haussa la voix pour que nous puissions tous entendre, mais il était évident que son attention et son sourire étaient dirigés vers le visage attirant de la jeune femme.

— C'est une tortue verte, adulte. Sa carapace mesure près d'un mètre de long (un peu plus de trois pieds), et elle pèse environ 120 kg (ou 300 livres). Ces animaux passent leur vie dans l'eau, et seules les femelles doivent traîner leur poids sur le sable, et ce, pour pondre leurs œufs.

— Typique ! dit Hilary. C'est toujours les femmes qui doivent travailler le plus dur.

Lee me sourit.

— N'est-ce pas la vérité ?

Je lui rendis son sourire, me sentant plus à l'aise avec elle. Je m'habituais peut-être à sa personnalité, mordante en surface.

Un choix d'activités étaient proposé sur le récif : la plongée avec tuba ou avec bouteille et une observation à partir de semi-submersibles. Ceux qui allaient nager se rendirent dans des cabines pour enfiler leur maillot de bain — je portais déjà mon Bikini sous mes vêtements —, et nous nous rassemblâmes pour recevoir le matériel et les instructions. Des groupes de deux ou trois se formèrent, et c'est sans surprise que je vis le sombre et bel Argentin se débrouiller pour accompagner Hilary Ferguson.

Je fus à la fois agacée et amusée d'apprendre que Lee avait son brevet de plongée. Ce serait un vrai soulagement de trouver enfin *quelque chose* qu'elle ne sache pas bien faire.

— Je vais me contenter du tuba, Lee, dis-je doucement. La plongée ne fait pas partie de mes compétences.

— Alors je nage avec vous.

Son affirmation me réjouit, mais je tempérai vite ma joie d'un brin de bon sens. Cette femme n'était en aucun cas en train de me faire du gringue. Elle ne mélangeait pas les affaires et le plaisir ; je ne lui avais pas montré le moindre intérêt ; et, de toute façon, il était peu probable que je sois son type.

Et, Alex, tu ne veux pas une réédition du passé...

Le bleu froid et profond de l'océan brisait ses lames contre l'épaisseur du récif, mais à l'intérieur de cette forteresse, l'eau était turquoise et tiède. Nous enfilâmes nos palmes, nos masques et nos tubas, puis nous nous glissâmes dans l'eau ; une entrée bien moins héroïque que les splashs sonores des plongeurs.

Je me perdis bientôt dans les découvertes du monde sous-marin et la profusion de plantes et d'animaux qui avaient fait de ces remparts poreux leur maison. À travers la forêt de coraux — des bois de cerf fragiles, des nids d'abeilles, des têtes rondes — les corps scintillants des poissons tropicaux filaient comme des éclairs.

Nous nageâmes en compagnie des chirurgiens bleus, admirâmes la rascasse volante couverte de franges, regardâmes d'exquises demoiselles émeraude hésiter puis partir en flèche, contournâmes la progression sinistre et lente de la raie stingare, plongeâmes pour éviter les tentacules flottants des anémones ; à un certain moment, je touchai l'épaule de Lee pour lui montrer une crevette zébrée cueillant des parasites et des moisissures sur le corps d'un poisson rayé de jaune qui restait immobile pendant que ce nettoyage extraordinaire avait lieu.

Même après plusieurs heures, Lee ne voulait pas partir, bien que nous fûmes les dernières dans l'eau. Agrippée à l'échelle métallique sur le côté du catamaran, elle ôta son masque pour dire :

— Je n'en ai pas vu assez. C'est comme un jardin sous-marin gigantesque. Je pourrais y rester plus longtemps.

Je commençai à escalader l'échelle.

— Attention, vous pourriez prendre du retard dans votre programme, dis-je.

Lee se mit à rire.

— Celle-là, je l'ai sûrement méritée, Alex. Mon personnel dit souvent que je suis impossible.

Elle se hissa sur le pont, puis accepta un verre de jus de fruits et une serviette de la part d'un membre de l'équipage qui lui adressa un grand sourire en la reluquant. J'allai me changer tandis qu'elle rejoignait Hilary sur le pont supérieur pour une dernière vue sur le récif extérieur.

En essuyant mes cheveux avec la serviette, je ressentis une impression de vide familière. Si souvent, quand l'activité principale de la journée était terminée, un sentiment de profonde solitude s'emparait de moi, et je devais résister à l'envie de me réfugier dans une humeur mélancolique.

La partie centrale du catamaran abritait en son milieu un bar avec des tables et des bancs rembourrés disposés de chaque côté, le long des baies vitrées. Explorer le récif donnait soif — ceux qui n'étaient pas agglutinés autour du comptoir avaient emporté leur boisson vers des tables plus accueillantes. J'avais effectué une ronde inévitable, en souriant consciencieusement, quand Lee apparut entièrement rhabillée...

— Vous m'accompagnez, Alex ?

Je pris du vin blanc ; elle opta pour le bourbon. Elle avait de toute évidence mis en veille son côté investigateur et était prête à se détendre. Assise paresseusement, sa boisson à la main, elle me contemplait par-dessus le bord de son verre.

— Qu'est-ce que vous aimez le plus dans votre travail ?

J'ai l'habitude de réfléchir à une question avant de donner une réponse, mais cette fois-ci, je réagis immédiatement.

— J'adore mon pays : il est magnifique. J'adore le faire découvrir aux autres. Franchement, j'adore mon travail.

Je m'arrêtai, gênée.

— Désolée. Cela sonnait un peu guimauve, non ?

Le sourire de Lee avait une chaleur que je ne lui connaissais pas.

— Non, pas du tout.

— Et vous ? Qu'est-ce que vous aimez le plus dans ce que vous faites ?

— Être le patron. Diriger ma propre entreprise. Vivre avec mes réussites… et mes erreurs.

Je voulais la garder ainsi, ouverte et sans défense.

— On dirait que vous prenez vraiment votre pied avec ça.

Elle se pencha, enthousiaste.

— Ça c'est sûr. J'ai ouvert seule mon agence de voyage, puis je me suis agrandie, j'ai emprunté de l'argent, pris des risques, commencé à organiser mes propres circuits en Amérique du Sud. Ces premières années, j'aurais pu me casser la figure à chaque instant. La chance et l'ignorance m'ont permis de continuer. C'était si excitant de savoir qu'avec les décisions que je prenais, cela pouvait aussi bien passer ou casser, mais je ne pouvais accuser personne d'autre si les choses tournaient mal.

En voyant son visage animé, je ressentis une pointe d'envie. Aimer autant quelque chose, savourer les récompenses avec autant d'ardeur…

— Est-ce encore aussi excitant ?

— Oui, mais c'est différent. Ce n'est plus moi contre le monde désormais. L'affaire a grandi et je vends mes circuits à d'autres agences. J'ai beaucoup de gens qui travaillent pour moi, donc si je coule, ils coulent aussi.

— Vous n'avez pas quelqu'un avec vous ?

Lee leva les sourcils.

— Quelqu'un ? Oh, je vois, vous voulez dire un associé…

Je rougis de ce quiproquo. Irritée de me sentir en infériorité, je répliquai vertement :

— Bien entendu, je veux dire un associé. Qu'est-ce qui vous fait croire que je pourrais vous poser une question sur votre vie personnelle ?

— Vous êtes curieuse.

Il y eut un silence que je devais combler.

— Puis-je vous proposer une autre boisson ? demandai-je.

Lee garda ses yeux dans les miens en me tendant son verre.

— Merci.

Consciente de son regard posé sur moi, je marchai jusqu'au bar au centre du catamaran avec autant de nonchalance que possible. Que ressentais-je ? Une sorte d'excitation exaspérée. L'exaspération, je la comprenais. Mais l'excitation m'alarma.

Cette nuit-là, je rêvai de mon frère décédé. Bobby s'était noyé à l'âge de 10 ans. Dans mon rêve, j'avais à nouveau 6 ans et nous étions sur la plage en cette chaude journée, ensoleillée, terrible. Je voyais tout comme si je survolais la scène. Des lignes d'écume blanches et ondoyantes roulaient avec force vers le rivage, l'eau était remplie de têtes dodelinantes, et mon frère s'avança à la rencontre des vagues, mon père derrière lui. Ma mère lisait assise à l'ombre d'un parasol et je me voyais jouer au bord de l'écume, résistant à l'eau qui se retirait en essayant de m'arracher à ma concentration. Puis, à l'endroit où les surfeurs attrapent les vagues… le banc de sable qui s'effondre, les courants qui emportent des dizaines de nageurs vers le large, les cris à l'aide…

Moi et mes 6 ans pleurant dans une terreur incompréhensible alors que le corps de mon frère était ramené sur la plage par des sauveteurs… Les efforts acharnés pour le ranimer… Mon père accroupi sur le sable, couvrant son visage de ses mains… ma mère répétant :

— Bobby, Bobby. Pourquoi *toi* ? Pourquoi *toi* ?

Je me réveillai, tremblante et en pleurs, comme j'avais tremblé et pleuré ce jour d'été. Personne ne m'avait réconfortée alors ; personne n'était là pour me réconforter à présent. J'allumai la lumière, sortis du lit, marchai sans but dans la chambre — n'importe quoi pour disperser ses sombres souvenirs. À l'âge adulte, je compris que la mort de Bobby avait gâché puis détruit la joie de vivre de ma mère. Elle l'avait adoré, et quand il mourut, le cœur de son être parut s'étioler et se faner.

Mes parents ne me le dirent jamais, mais je me mis à soupçonner, et finalement à accepter que si c'était *moi* qui avait disparu au lieu de mon frère, la perte pour ma famille, pour ma mère, aurait été moindre.

Pour être honnête, mon enfance n'avait pas été malheureuse. À leur façon, mes parents m'avaient aimée et ils ne m'avaient privée de rien. C'était juste que, j'avais beau essayer de toutes mes forces, je savais que pour eux, j'étais l'éternelle seconde sur la liste.

5

Le lendemain matin, je me retrouvai sur l'embarcadère en compagnie de Sir Frederick, à discuter des possibilités de mini-circuits optionnels que Lee avait demandés. Avec mon pantalon blanc et mon chemisier couleur mandarine, j'avais l'air d'être habillée trop simplement comparé à son irréprochable tenue de plaisancier : un blazer bleu marine avec, sur la poche, l'écusson d'un club très privé. Mais il me dit :

— Vous êtes particulièrement ravissante ce matin, Alexandra.

Je murmurai un remerciement, consciente de n'avoir jamais entendu de remarque aussi personnelle de sa part. J'avais oublié mon badge, mais, étonnamment, il n'avait pas fait de commentaires à ce sujet. Les sinistres avertissements de Steve et les remarques caustiques de Tony devenaient soudain parfaitement crédibles.

Des gens étaient en train d'arriver. Un groupe dont les membres avaient été triés sur le volet pour passer la nuit sur une ancienne goélette perlière en compagnie de Sir Frederick. Le bateau avait été entièrement réaménagé pour proposer des croisières luxueuses sur la Grande Barrière de corail et ses îles côtières. Son passé de robuste navire marchand à présent oublié, l'*Ocean Dream,* d'une blancheur éclatante et désormais doté d'un chef cuisinier, d'un spécialiste en biologie marine et des signes extérieurs de l'opulence, se balançait doucement tandis que Tony Englert conduisait les invités à son bord.

Sir Frederick fronça les sourcils sur la liste des aventures rudes et douces que j'avais dressée à la demande de Lee.

— Les monts Flinders et les Warrumbungles sont tous les deux un bon choix. En Australie-Occidentale, j'ajouterais Wittenoom Gorge et les Pinacles, de même que Broome et la région des Kimberley. Prenez contact avec le bureau de Sydney et dites leur exactement ce que vous désirez. Il faut que ce soit un travail rapide et sérieux. Dès demain après-midi, à notre retour, je veux que Lee ait les itinéraires détaillés, les brochures et les coûts comparatifs des différents prestataires. Et je veux que tout cela soit présenté dans un dossier complet et soigné. Comme toujours, l'apparence est très importante.

Il me saisit le coude.

— J'ai averti Jackie que vous utiliseriez mon bureau.

La pression de ses doigts s'accentua.

— Je compte sur vous, Alexandra.

Lee s'avança sur l'embarcadère, plongée dans une discussion avec Hilary Ferguson. Sir Frederick suivit mon regard, me lâcha le bras et fit un large sourire.

— Bonjour !

Il concentra son attention sur Lee, me chargeant implicitement de m'occuper de Hilary.

— Nous venons de parler de vos circuits aventures. Pendant notre croisière, Alexandra va rassembler les informations. Vous aurez les détails complets demain.

Hilary me sourit avec compassion.

— Ce n'est pas juste qu'il vous faille travailler à l'intérieur pendant que nous, nous profiterons du beau temps. J'avais espéré que vous seriez des nôtres.

— Quelqu'un doit faire le travail, dit Sir Frederick,

enthousiaste, en me donnant une tape sur l'épaule.

Je décrochai un sourire de circonstance, quelque peu inquiète de ce qu'il m'ait touchée encore une fois. Je préférais y voir un geste purement professionnel, parce que, dans le cas contraire, cela risquait de me créer des complications dont je me serais volontiers passée, mais aussi parce que je ne voulais pas avoir à affronter la jubilation de Steve et ses « je te l'avais bien dit ».

Sir Frederick eut un sourire radieux.

— Vous êtes entre de bonnes mains, Lee. Alexandra a déjà exploré les endroits d'Australie les plus reculés et les plus inhospitaliers.

Dans ces conditions, j'avais du mal à considérer cette affirmation comme une véritable recommandation.

— Oui, répondis-je joyeusement. Et je ne me suis pas perdue à chaque fois.

Le temps était parfait, la lune serait pleine cette nuit, et l'*Ocean Dream* croisait dans l'un des plus beaux paysages maritimes du monde. Mon imagination vagabonde me projetait sur le pont au clair de lune, parlant d'une voix douce à Lee Paynter tandis que le bateau glissait sur une mer scintillante près des îles argentées.

Cette vision attirante certes, mais tirée par les cheveux fut brisée par la voix autoritaire de Jackie Luff.

— Alex ? Le bureau de Sydney vous rappelle. Poste 2, dit-elle en faisant son possible pour paraître soupçonneuse, impolie et mal embouchée.

Je pris le combiné et la remerciai, refusant de prendre en compte son animosité en lui montrant une égale grossièreté. Jackie avait un profil si anguleux qu'il semblait avoir été taillé à la serpe. Ses coudes, ses doigts, la ligne de ses épaules même paraissaient aiguisés. J'avais remarqué qu'elle s'adressait à Sir Frederick et aux autres dirigeants d'un ton vif et passionné. Mais quand il s'agissait de gens qu'elle considérait comme inférieurs, et j'appartenais à cette catégorie, sa voix était beaucoup plus hargneuse.

Je passai une bonne partie de la journée au téléphone, ou près du fax, et dans l'après-midi j'avais rassemblé l'essentiel des informations sur les vols, les hébergements, et les descriptifs des sites à ne pas manquer. C'était au bureau de Sydney de rendre le produit fini et de l'envoyer à Tern Island en express.

Soudain lasse, je m'octroyai un moment de détente dans le confortable fauteuil de Sir Frederick, à fixer distraitement, le menton posé sur les mains, la reproduction d'un oiseau marin au nom des plus engageants : le fou masqué*. Mes pensées se mirent à graviter autour de Lee Paynter, sans toutefois s'approcher trop près. J'étais convaincue, et cette idée me mettait mal à l'aise, que si je m'aventurais au-delà de certaines limites, mon imagination perfide m'entraînerait sur la voie d'inutiles fantasmes. Bien sûr, cela était simplement lié au fait que Lee acceptait son homosexualité avec aisance... Il m'était impossible de m'imaginer un jour aussi sereine qu'elle, aussi peu menacée par une révélation publique.

Des images que j'essayais toujours de réprimer survinrent dans ma conscience. Je revis ma mère me dire :

— Alors, nous devons comprendre que Zoé est une amie *particulière,* n'est-ce pas ?

Sa voix d'ordinaire calme était caustique. Je revis mon père méprisant se mordre les joues, se pincer les lèvres, soupçonner que Zoé était la vraie raison de mon divorce.

J'avais 24 ans à l'époque. Pourtant la censure de mes parents faisait encore de moi une enfant angoissée à l'idée d'être rejetée.

— Je n'ai rencontré Zoé qu'après mon divorce. Et peu

* N.d.t. : En anglais *masked booby : booby* signifiant, entre autres, nichon.

importe ce qu'on a bien pu vous dire, nous sommes amies, c'est tout...

La première affirmation était vraie. La seconde était fausse.

Après Carl, j'avais voulu prendre un nouveau départ. J'avais utilisé l'argent de la vente de nos biens comme apport pour l'achat d'une petite maison en mauvais état que je rénovais pendant mon temps libre. Puis, quand Frank Harp, une connaissance de mon père, m'avait proposé un poste d'agent de voyages dans son entreprise en pleine expansion, je l'avais accepté avec empressement car j'avais atteint les limites de la petite agence où j'avais pris goût à ce métier. La société de Frank me donna l'occasion de parfaire mes connaissances du tourisme ; de plus, c'était un endroit agréable où travailler.

Le personnel d'Aussie Affairs était constitué d'une quinzaine de personnes et nous fournissions à nos clients ce que nous appelions dans notre publicité « des expériences australiennes authentiques ». Des petits groupes de touristes vivaient à la dure mais d'une façon civilisée dans des fermes choisies, où ils apprenaient à rassembler le bétail, tondre les moutons, préparer du thé dans une gamelle, cuire du pain au feu de bois, chanter *Waltzing Matilda** et de manière générale, se faire une idée de la vie au fin fond de la campagne australienne.

Zoé fut la première personne que je rencontrai quand j'intégrai l'entreprise. Elle était plus âgée que moi, avec une personnalité vivante et appréciée, un rire sonore et des gestes excessifs. Nous devînmes amies. Puis, un soir, elle m'invita à dîner chez elle. Nous partageâmes une bouteille de vin... un baiser... son lit. Elle me séduisit de façon experte et plaisante et je fus étonnée de l'intensité de ma réponse. Je n'imaginais pas que la passion pût me consumer avec

* N.d.t. : Chanson traditionnelle australienne.

une force aussi débridée. Dans les mois qui suivirent, Zoé m'apprit à la fois les techniques sexuelles et les règles du subterfuge.

Et connaître les règles du subterfuge était plus que prudent : c'était essentiel. Frank Harp faisait à longueur de temps des commentaires moqueurs sur les pédés et les gouines.

Ma relation avec Zoé n'était pas très intense en émotions. Nous nous aimions bien, c'est sûr, mais nous avions peu de choses en commun, si ce n'est le désir qui nous enflammait. Cela suffisait ; je n'avais jamais ressenti une telle satisfaction physique et chacune de nos rencontres était un enchantement pour mes sens.

Et j'y gagnai quelque chose de très important : mes premiers pas au sein d'un milieu homosexuel que je soupçonnais à peine. Pour la première fois, je pouvais me détendre et être moi-même. Pendant cette période de ma vie, je rencontrai deux de mes amies les plus chères, Trish et Suzie, en couple depuis six ans, et je me mis à apprécier le réseau homosexuel qui s'étendait, invisible, à travers la société.

Zoé était fermement dans le placard, paranoïaque à l'idée d'avoir une image de lesbienne. Je ne sais toujours pas pourquoi ni comment les rumeurs commencèrent à se propager mais leur origine finalement eut peu d'importance lorsque leur pouvoir terrifiant devint évident. D'abord ce furent des commentaires voilés, puis des ricanements ouverts, puis Zoé fut convoquée par Frank.

— La seule façon de survivre est de tout nier en bloc, m'avait-elle dit une fois.

Et c'est ce que nous fîmes.

Frank ne me convoqua pas, il choisit d'appeler mon père. J'appris au cours d'une scène avec mes parents, encore gravée dans ma mémoire, que l'on me considérait comme innocente, puisque ma relative inexpérience de la vie et mon désarroi après le divorce avaient fait de moi la proie idéale pour une lesbienne prédatrice.

J'aurai toujours honte de mon attitude envers Zoé,

de mon silence veule. Elle n'avoua rien, je n'avouai rien non plus, mais c'est bien elle qui fut obligée de démissionner, tandis que l'on me traitait en victime immature et plutôt stupide. Je sais que j'aurais dû prendre la défense de Zoé même si, à ce moment-là, elle me fit clairement comprendre qu'elle n'attendait pas un tel geste de ma part. Face au mépris de ma mère, je n'en trouvai pas le courage.

— Tu veux que les gens pensent que tu es une de *ces femmes* ? Et ainsi, où que tu ailles, il y aura toujours des ragots sur ton compte ? C'est ça que tu veux, Alex ?

Mon père l'avait soutenue.

— Tu n'iras pas loin dans ta carrière, Alex, si les rumeurs te poursuivent.

Zoe partit s'installer dans un autre état et trouva un travail dans un département du tourisme gouvernemental. Je restai à Aussie Affairs aussi longtemps qu'il fallut à la rumeur pour se dissiper, puis, prétextant le besoin d'élargir mon expérience, je pris un poste dans l'hôtellerie internationale au sein de la chaîne Hilton.

Je savais désormais, et de manière irrévocable, que j'étais lesbienne. Je savais aussi qu'en aucune façon, je ne risquerais ma carrière ou une brouille avec ma famille en affichant ouvertement mon homosexualité. Ma solitude me poussa dans une série de liaisons passagères et secrètes auxquelles je mettais rapidement fin de peur d'être publiquement exposée. Je m'y engageais sans réelle exigence, et n'en retirais donc que très peu. Je ressentais un soulagement physique, parfois, mais jamais la passion. Jamais un sentiment de complétude.

L'année dernière, je m'étais repliée sur moi-même, en acceptant l'idée que je devais, pour l'heure, faire ma vie seule. Admettre qu'éviter de nouer des liens profonds avec quelqu'un me garderait sans doute de tout chagrin, était une pensée qui faisait froid dans le dos mais elle était néanmoins réconfortante. Rester en périphérie revenait certes à ne pas connaître les sommets de l'émotion, mais aussi à en éviter les abysses. Cela me semblait un compromis juste et raisonnable.

Jackie Luff me tira de ma rêverie en sursaut en agitant un fax sous mes yeux.

— Vous voulez autre chose ? demanda-t-elle, sans la moindre amabilité.

Je secouai la tête, prête à lui demander quel était son problème à mon encontre. Mais j'abandonnai immédiatement cette idée à la vue de son air belliqueux. J'étais trop fatiguée pour une confrontation qui conduirait certainement Jackie à nier l'existence d'un quelconque souci.

Le fax était sans importance. J'y jetai un vague coup d'œil et le mis de côté, puis me penchai en arrière pour étudier mes mains. Les lignes de mes paumes étaient claires, bien dessinées.

Un mois auparavant, à Sydney, Tony Englert m'avait encouragée à me faire lire les lignes de la main sur le marché. Un samedi matin, j'étais à Paddington, à la recherche d'un cadeau original pour l'anniversaire de Sharon Castell, quand j'avais entendu le son familier de sa voix.

— Alex chérie. Que fais-tu par ici ?

Il vivait dans le secteur, dans une maison à terrasse rénovée.

— Viens te faire prédire ton avenir. Je me porte garant car Madame Marcia est une très vieille amie.

— Madame Marcia ?

J'avais des doutes, pour ne pas dire plus. Il gloussa.

— Bon, son vrai nom est Deb Smith. Reconnais que Madame Debbie ne sonne pas pareil.

C'était parfaitement ridicule, mais je fus parcourue d'un frisson, bien que sans fondement, quand la flamboyante Madame Marcia me fit asseoir dans son minuscule stand et me prit les mains pour en fixer attentivement chaque paume. Et curieusement, en dehors des généralités habituelles, je me souvenais à présent d'une prédiction qui m'avait été annoncée sans plus de dramatisation que le reste :

— Je vois un changement, un grand changement dans votre vie. Cela va se produire bientôt, et cela sera un bouleversement pour vous ! Un véritable bouleversement !

Je n'étais pas superstitieuse et je me souvenais à peine des autres prédictions de l'amie de Tony, ce matin-là. Cynique, je croyais que Madame Marcia avait fait des prédictions semblables, sinon identiques, à tous ses clients, alors pourquoi cette parole mélodramatique serait-elle restée dans mon esprit ?

Mes parents, et ma mère en particulier, méprisaient les voyants de toutes sortes.

— Le futur viendra bien assez vite, disait-elle.

Son ton suggérait qu'il n'était probablement pas le bienvenu quand il arrivait pour de bon. À présent je me demandais si je n'avais pas oublié les mots de cette diseuse de bonne aventure pour de mauvaises raisons. J'étais satisfaite de mon sort et ne voulais pas de changement, et encore moins un « véritable bouleversement ».

Lee se serait-elle fait lire les lignes de la main ? Visualiser ses mains était aisé. Des doigts longs et forts ; des ongles soignés, sans verni. Des mains dont les gestes reflétaient l'énergie de Lee, sa confiance pleine d'aplomb.

Sharon avait dit que Lee collectionnait les aventures. Si c'était vrai, alors, ses relations, comme les miennes, ne s'inscrivaient pas dans la durée. Mais peut-être n'était-ce pas vrai. Peut-être y avait-il dans la vie de Lee une femme unique à qui elle réservait ce qu'elle avait de plus intime.

Je haussai les épaules. Cela ne faisait aucune différence dans un cas comme dans l'autre. Il m'était possible de penser à cela sans réelle passion, même si je sentais entre nous un respect grandissant qui pouvait être le fondement d'une amitié sur un pied d'égalité.

Et pourtant, en dépit d'une envie forte de rationaliser cet aspect, je me devais de prendre en compte une composante physique : j'étais fascinée par sa bouche. Des lèvres pleines, fermes, qui se retroussaient légèrement en coin.

Quel effet cela ferait-il de l'embrasser…

N'y songe même pas. Elle affiche ouvertement son homosexualité, et si tu fais un pas vers elle, tu sortiras du placard, Alex. Pourquoi devrait-elle garder tes propres secrets ?

Je fronçai les sourcils. Je ne pouvais certainement pas me permettre d'avoir une aventure avec Lee, et ne le souhaitais d'ailleurs pas, à supposer que cela soit dans l'ordre du possible. Alors, qu'attendais-je de sa part ? Du respect. Qu'elle m'apprécie en tant que personne. Qu'elle m'accepte comme une égale, comme une personne qui ne lui était ni inférieure ni supérieure, seulement elle-même.

6

Cela faisait six mois que je m'occupais de l'organisation du congrès de Tern Island. Le tourisme australo-asiatique, par le biais de l'APP, avait séduit les tour-opérateurs du monde entier avec une seule idée en tête : leur faire prendre conscience de la gamme de produits que nos prestataires locaux avaient développés pour les touristes qui venaient sur notre territoire. Nous pouvions bien avoir l'un des continents les plus spectaculaires de la planète, il ne servait à rien de montrer simplement des chutes d'eau sensationnelles, des gorges impressionnantes, ou une faune et une flore uniques et fascinantes ; les TO voulaient des détails exhaustifs au sujet des circuits régionaux qui couvraient les meilleurs sites « à ne pas manquer » correspondant à leurs créneaux commerciaux particuliers.

Certains de ces TO choisissaient une sélection d'excursions, puis nous déléguaient volontiers le soin de les combiner au mieux. D'autres, comme Lee Paynter, avaient une approche de terrain et insistaient pour tester en personne la majorité des excursions. Les premiers jours du congrès étaient destinés à permettre aux représentants de découvrir par eux-mêmes, quelques-unes des beautés du Queensland et de se détendre dans le luxe que Tern Island leur offrait sans compter. À la fin de cette semaine, cependant, l'APP proposait, en apogée, l'équivalent d'un salon professionnel où les meilleurs produits touristiques australiens et néo-zélandais allaient être présentés. Jusqu'à maintenant, tout semblait se dérouler comme prévu, mais j'étais nerveuse ; il était vital de réussir cette deuxième phase et la donne était claire : ça passait ou ça cassait.

Le lendemain, je dus m'occuper des détails de dernière minute avec les exposants et vérifier le dossier pour Lee, arrivé en express de Sydney. Notre siège s'était montré efficace : il avait non seulement fourni toutes les informations que j'avais réclamées mais il les avait aussi présentées dans une élégante mallette publicitaire bleu clair. La documentation complète comprenait le détail de chaque excursion, avec les horaires, des cartes, des graphiques, des illustrations et les coûts d'organisation selon les différentes options.

En fin d'après-midi, Sir Frederick regagna à grands pas le bâtiment administratif. Il était de fort bonne humeur et se frottait les mains en souriant.

— Excellente croisière, Alexandra, excellente. Saviez-vous que Tony était un astronome amateur ? Il avait emporté un petit télescope avec lui. Il l'a construit lui-même, nous a-t-il dit. La nuit dernière, nous avons regardé les cieux à tour de rôle.

Il secoua la tête :

— Le ciel nocturne est splendide, je ne sais pas pourquoi nous n'avons pas pensé à faire ça avant. Je vais suggérer qu'un spécialiste en astronomie rejoigne l'équipe de l'*Ocean Dream* pour les futures croisières, puisque cela a eu un tel succès.

Jackie Luff arriva avec des messages et des notes de services, mais il la renvoya d'un geste de la main.

— Plus tard, Jackie. Pouvez-vous nous faire porter du café et de quoi manger ? Alexandra et moi serons dans mon bureau.

Jackie me lança un regard malveillant. Je commençai à soupçonner que le problème venait de l'attention que Sir Frederick me portait, mais je ne parvenais pas à décider si son antipathie était motivée par la jalousie ou seulement son mauvais caractère.

Sir Frederick débordait de chaleur et de bonne volonté.

— Asseyez-vous, asseyez-vous ! Alors, nous avons le dossier pour Lee Paynter ? Voyons ça de plus près, voulez-vous ? Cela vous convient ?

J'étais fatiguée, irritable et j'avais déjà vérifié chaque détail, mais, bien entendu, je fus polie et agréable, même lorsque Sir Frederick déplaça sa chaise pour venir s'asseoir vers moi, son genou contre le mien. J'éloignai ma chaise jusqu'à ce qu'il y ait une distance raisonnable entre nous. Il feuilleta les différentes parties, avec des commentaires ici et là, mais il me sembla que tout cela était une excuse pour me garder près de lui. Je fus heureuse quand Jackie entra avec un plateau de rafraîchissements, car j'y trouvai l'occasion de me lever pour m'affairer à servir le café et à lui demander ce qu'il désirait manger.

Je compris cependant dans l'attitude de Sir Frederick que nous allions reprendre notre rapprochement et je dus me résigner. Il sirota son café, puis il dit d'un ton enthousiaste :

— Je suis très satisfait du travail que vous faites. Vous avez déjà montré vos talents d'organisatrice, mais s'occuper de quelqu'un comme Lee Paynter, c'est autre chose. Elle m'a clairement fait comprendre que vous l'aviez impressionnée.

Il se pencha en avant pour me tapoter la main.

— C'est excellent. Excellent.

Ce nouvel attouchement fut décisif. Je dégageai ma main aussi ostensiblement que possible. S'il ne manqua pas de remarquer mon geste, il ne parut pas embarrassé pour autant. Je fulminai intérieurement. Steve avait raison, nom de nom. L'intérêt de Sir Frederick à mon égard n'était pas entièrement professionnel ; en fait, à voir son air approbateur et chaleureux, il était clair qu'il n'était pas professionnel du tout.

Je pestai en silence. C'était une complication dont je n'avais pas besoin. Je n'avais pas envie de passer mon temps à élaborer une stratégie pour réussir à décourager Sir Frederick sans compromettre mon travail, si cela était toutefois possible.

La crainte qu'il dise inopinément quelque chose que nous pourrions regretter tous les deux me fis avaler mon café d'une traite et rassembler à la hâte les papiers contenus dans la mallette.

— Aimeriez-vous que je dépose ceci au bungalow de Lee ?

— Oui, bien sûr. Il m'adressa un large sourire. Elle doit le voir le plus tôt possible.

Je sortis avec élégance, du moins je l'espérais, et marchai en direction de la plage remplie d'une impatience grandissante. Je voulais revoir Lee sans raison particulière, mais parce que j'étais arrivée à la conclusion qu'elle faisait partie de ces gens qui dégageaient une telle énergie qu'elle semblait irradier leur entourage.

Je frappai à la porte sans obtenir de réponse. La déception que je ressentis était inattendue... et ridicule car je savais que j'allais probablement la rencontrer plus tard dans la soirée. Je griffonnai un mot, laissai la mallette bleu clair contre la porte et m'en fus à mon bungalow pour me doucher et me changer avant le dîner.

La Nouvelle-Zélande et chaque état australien avaient ses propres délégués chargés de promouvoir le tourisme, et chaque soir, des présentations audiovisuelles destinées à attirer l'attention des professionnels les plus blasés, étaient montrées à un public captif vers la fin du dîner. Le programme de ce soir commença par les beautés spectaculaires du Territoire du Nord. Les images — le parc national de Kakadu, les monts MacDonnell, Ayers Rock, les Olgas, les pierres taillées des Eqaninga, le défilé de Stanley Chasm, les gorges de Katherine — défilaient sur l'écran les unes après les autres, associées aux sons intemporels des *didgeridoos* et d'autres instruments utilisés dans les fêtes aborigènes. Je fus ravie que la présentation se finisse trop vite, laissant un public avide et curieux d'en découvrir davantage.

J'avais guetté Lee et l'avais vue arriver tard au cours du dîner, légèrement brûlée par le soleil. Alors que l'on servait le café, elle s'approcha de ma table.

— Vous avez eu la documentation sur les excursions ? lui demandai-je, avant qu'elle ne puisse placer un mot. Je l'ai laissée à votre bungalow.

— J'y ai jeté un coup d'œil. Très impressionnant.

Son commentaire m'embarrassa. Peut-être pensait-elle que je cherchais les compliments puisque j'avais eu la responsabilité de compiler toutes les informations. Je changeai de sujet de manière qui pouvait sembler, j'en étais consciente, un peu abrupte :

— Comment s'est passée la croisière ?

— Super. Puis-je vous offrir à boire ? J'aimerais qu'on voie ensemble deux ou trois points à propos de l'excursion de demain.

J'acceptai sa proposition avec réticence car je me sentais fragile et sur les nerfs. Je l'accompagnai en silence jusqu'au bar en me disant que je n'aimais pas du tout cet endroit en raison de sa convivialité bruyante, presque frénétique, mais aussi parce que son décor pseudo-exotique me hérissait. Je ne pouvais plus supporter ces bambous fendus, ces rideaux tressés et ces fleurs tropicales artificielles et criardes, sans oublier les cocktails aux noms alambiqués.

De toute évidence, Lee partageait cette aversion. Elle

s'arrêta à l'entrée, fit une grimace devant la cacophonie, puis suggéra d'aller dehors, au bord de la piscine illuminée, où seulement quelques tables blanches étaient occupées. Je savais que mon expression très policée ne trahissait en rien la tension que je ressentais, et quand Lee commanda une bouteille de champagne français, je me dis que ce serait peut-être le moyen d'apaiser mon anxiété.

Lee leva son verre pour trinquer.

— Aux prochaines semaines. Sachons en profiter.

Elle voulait des renseignements supplémentaires sur l'itinéraire des jours suivants et je lui répondis brièvement. J'espérais pouvoir me coucher tôt, mais la courtoisie me fit poser, pour la forme, des questions sur la croisière. Lee semblait heureuse de pouvoir parler pendant des heures. Je dissimulai mon impatience et probablement grâce au champagne, je parvins à me détendre et à participer à la conversation, avec un entrain forcé et un manque de concentration évidents.

— Alex ?

J'eus un sursaut pour retrouver mon attention.

— Désolée, je n'ai pas compris ce que vous avez dit.

— À nous deux, nous avons fini une bouteille de champagne. Vous voulez qu'on en fasse ouvrir une autre ?

— Non, merci. À vrai dire, je crois que je vais aller me coucher. Je suis fatiguée.

Lee se leva de table.

— Je vous raccompagne.

Nous quittâmes les bruits de liesse en provenance du bar pour entrer dans une nuit tropicale parfaite, si parfaite que c'en était un cliché. Une lune jaune énorme glissait sereinement dans un ciel de velours, une légère brise soufflait des senteurs exotiques émanant des jardins dissimulés dans l'obscurité, et les palmes des cocotiers murmuraient au-dessus de nos têtes. Nous nous arrêtâmes au bord de la plage pour contempler l'eau pailletée qui soupirait sur le sable clair.

— C'est trop beau pour être vrai, dis-je. On se croirait sur un plateau de cinéma.

Le sourire de Lee brilla de toute sa blancheur dans le clair de lune.

— Quel rôle jouez-vous ?

— Le mien.

Lee rit doucement.

— Vous êtes si mystérieuse, Alex. Je ne sais pas à quoi ce personnage correspond.

Déconcertée par la chaleur et l'intimité qui perçaient dans sa voix, je me détournai et me mis à marcher sur le bord supérieur de la plage, traversant les ombres en dents-de-scie des feuilles des palmiers. Lee me suivit en silence.

Nous aurions pu nous croire seules sur une île déserte : le bruit du bar s'était estompé, remplacé par le frémissement de l'eau courant délicatement sur le sable et le bruissement léger des feuilles tandis que l'air chaud et parfumé se déplaçait doucement sous la lumière argentée.

Le bungalow de Lee était à côté du mien. Je m'arrêtai au sentier qui y conduisait. Un éclairage faible et subtil permettait de discerner cette allée sans dissiper l'obscurité sous les arbres.

— Bon, et bien bonne nuit…

— Si tôt ? dit-elle.

Elle semblait amusée.

— Et par une nuit si romantique ?

Nous nous tenions l'une en face de l'autre. J'étais silencieuse, ensorcelée par le clair de lune, par la douceur de l'air, par la proximité physique de cette femme. Elle me prit la main. Il n'en fallut pas plus pour me pousser à franchir le pas qui me séparait d'elle et me retrouver dans ses bras.

Je sentis son léger parfum, les muscles de son dos, j'entendis un profond murmure qui venait de sa gorge.

Nous échangeâmes un baiser doux et timide ... puis la bouche de Lee s'ouvrit sous la mienne, sa langue effleura mes lèvres, ses bras se resserrèrent autour de moi.

Je voulais m'écarter. Lee avait des exigences que je serais incapable de satisfaire, jamais. Je m'entendis gémir. Ce n'était pas assez. Une partie de moi avait envie de plus, beaucoup plus. Les lèvres de Lee avaient provoqué une décharge électrique, un besoin irrésistible. J'ouvris malgré moi la bouche devant l'insistance de sa langue.

Submergée de sensations, je luttai pour reprendre le contrôle de moi-même. *Fais attention, si tu fonds, tu es perdue.*

Cela fut plus facile quand je tins Lee à bout de bras.

— Je suis désolée. Je ne voulais pas... Oubliez ce qui vient de se passer.

— Oublier ? La voix de Lee avait un tremblement imperceptible qui était à la fois excitant et effrayant. Je doute que cela soit possible.

Consciente que Lee n'avait pas bougé d'un pouce, je me forçai à m'éloigner d'un pas assuré jusqu'au refuge de mon bungalow. Je fermai la porte derrière moi et me tins dans l'obscurité rassurante. C'était incroyable. Comment avais-je pu être aussi stupide, aussi déterminée à saborder ma carrière ? J'allumai la lumière d'un geste brusque. Agitée et furieuse, je me mis à arpenter la pièce. À mes oreilles, clairement, les mots de ma mère, une phrase usée, si souvent répétée :

— Si tu joues avec le feu, tu vas te brûler.

Ma famille avait une réserve de dictons de ce genre, la plupart sur des comportements stupides, immoraux ou imprudents.

Qu'avais-je fait là ? Pour un plaisir fugace, pour un élan que je n'avais même pas tenté de maîtriser...

Je pénétrai dans la salle de bains et examinai mon reflet dans le miroir. J'étais pâle, ce qui rendait le contraste de mes cheveux noirs et de mes yeux sombres encore plus évident, mais le calme qui se lisait sur mon visage était familier. Je regardai mes lèvres se retrousser dans un sourire amer.

OK, Alex, voyons comment tu vas te sortir de là.

7

Nous avions prévu de partir tôt le lendemain matin. Mon réveil me tira brutalement du sommeil au moment où les oiseaux saluaient le soleil avec un enthousiasme presque indécent. Le programme de la journée incluait un voyage en hélicoptère jusqu'à Port Douglas, un somptueux petit déjeuner tropical dans un hôtel de luxe, le survol du récif à l'endroit où il se rapprochait le plus de la terre ferme, puis une visite dans la forêt humide du cap Tribulation, inscrite au patrimoine mondial de l'humanité. Je restai allongée à fixer le plafond, réticente à faire le premier mouvement d'une journée qui, sans exagérer, s'annonçait éprouvante : Lee devait être l'une des quatre personnes sous ma responsabilité.

J'étais étourdie de fatigue. Quand j'étais enfin parvenue à m'assoupir, mon sommeil avait été entrecoupé de rêves agités et de scénarios que je composais en me repassant la scène en boucle. Quelles allaient en être les conséquences ? Que ferait Lee ? Quelle attitude devrais-je adopter ?

J'étais certaine d'une chose : si je voulais avoir quelque espoir de ménager mon amour-propre et de replacer notre relation dans un cadre professionnel, je devrais parler à Lee sans tarder et ne pas laisser la situation devenir embarrassante pour toutes les deux.

J'achevai de me réveiller par une douche froide, puis je m'habillai avec soin d'un pantalon couleur citron et d'un haut bordé d'un motif d'un ton légèrement plus foncé. Je vérifiai l'ensemble dans la glace. Le jaune était un agréable faire-valoir pour mes cheveux noirs, pensai-je avec une pointe de tristesse, mais il accentuait aussi admirablement les cernes bleutés sous mes yeux.

Rassemblant mon courage, je jetai un dernier regard au miroir pour m'assurer que j'avais bien une expression déterminée, puis je gagnai rapidement le bungalow de Lee. Je ne m'autorisai aucune seconde d'hésitation et frappai d'un air décidé.

Elle ouvrit la porte immédiatement. Elle semblait reposée, sereine. Il y eut un moment de silence avant qu'elle ne dise, d'un ton détaché :

— Bonjour. Je suis bientôt prête.

— Je voudrais dire quelque chose…

Elle eut un léger sourire, fit un geste en ouvrant la main.

— Ce n'est pas la peine.

Je pris une grande respiration.

— Si. Hier soir… j'ai été stupide, à côté de la plaque. Je veux que vous sachiez que cela ne se produira plus.

— Ça serait vraiment dommage.

Son ton badin me mit brusquement en colère.

— Ne jouez pas avec moi ! Je suis suffisamment embarrassée et je n'ai pas besoin que vous en rajoutiez avec vos remarques mesquines.

De toute évidence, Lee fut surprise de ma véhémence :

— Alex, je suis désolée. Je ne voulais pas que vous le preniez comme ça.

Je recouvris mon calme et parvins à retrouver un ton presque désinvolte :

— J'aimerais qu'on oublie tout ça, lui proposai-je. Qu'on n'en parle plus jamais. OK ?

Elle me regarda, pensivement.

— Bien sûr, si c'est ce que vous voulez. En ce qui me concerne, il ne s'est rien passé.

Le vol en hélicoptère jusqu'à Port Douglas, puis le petit déjeuner exotique et recherché à l'hôtel se déroulèrent dans une sorte de brouillard, une suite d'images décousues. Je dus néanmoins avoir un comportement normal puisque personne ne me jeta de regard consterné ni amusé. Otto, que je considérais avec une pointe d'affection comme « mon Allemand », posa des questions intéressées selon son habitude et écouta mes réponses comme s'il préparait un examen ; M. Moto, un gentleman japonais replet, plutôt en retrait, filmait tout ce qu'il voyait avec sa caméra vidéo dernier cri ; Hilary Ferguson protégeait ses grands yeux bleus derrière d'énormes lunettes de soleil et ne disait pas grand-chose, mais sa réserve ne ternissait pas l'élégance de sa tenue rose pâle ; et Lee : Lee qui riait, bougeait, parlait avec une énergie exubérante, comme si rien ne s'était passé entre nous.

Les quelques tasses de café serré avalées au cours du petit déjeuner m'avaient permis de regagner un semblant de normalité. Alors que le pilote de l'hélicoptère contrôlait ses instruments de navigation, je décidai de me tenir à l'écart des discussions pour réfléchir à la situation. J'étais rassurée par la promesse de Lee d'oublier ce qu'il s'était passé. Mais, après tout, cela n'était rien d'autre qu'une simple erreur de jugement qui nous avait conduites à partager un moment trop intime… Ce n'était pas comme si nous avions fait l'amour…

Elle avait pris place derrière le pilote et elle était en pleine conversation sur les possibilités de vols touristiques dans le Nord du Queensland. À mon grand désarroi, je découvrais qu'il m'était possible de recréer avec une précision, qui était un supplice, le goût de sa bouche et les réactions de mon corps. Mes pensées débridées ne s'arrêtaient pas là pour autant, mais convergeaient vers des images plus riches, plus osées.

Ah, génial ! Laisser le désir t'envahir est exactement ce dont tu as besoin alors que tu dois passer les deux prochaines semaines en compagnie de cette femme.

L'hélicoptère s'éleva avec l'aisance d'un insecte puis vira sur Port Douglas, une ville côtière autrefois endormie qui s'était soudain développée au niveau touristique en misant sur sa proximité avec des plages préservées, la Grande Barrière de corail et la forêt tropicale presque inviolée.

Nous survolâmes au plus bas une succession de récifs proches de la côte. Je les contemplais avec ravissement, me laissant submerger par leur ampleur. Du ciel, cependant, on ne pouvait imaginer la beauté de leurs ombres énormes et sombres que seule une exploration sous-marine était à même de révéler. Il avait fallu des millions d'années pour créer ces gigantesques fortifications contre l'océan Pacifique. Je me sentis poussée à partager une partie de mon émerveillement et haussai la voix pour couvrir le bourdonnement métallique de l'hélicoptère.

— Il y a 2500 récifs et îlots, sur une étendue de 2000 km, le long de la côte du Queensland.

Je ne manquai pas d'y ajouter une perspective américaine :

— Et ils couvrent une surface qui fait la moitié du Texas.

Lee eut un large sourire :

— Je trouve ça carrément impressionnant.

L'hélicoptère vira, comme attiré par le vert et l'abondance de la végétation côtière. Nous survolâmes la canopée de la forêt tropicale, d'un vert plus sombre et plus profond. Il me sembla alors que nous étions de rudes intrus dont l'existence était bien brève quand on la mesurait au temps, à la patience et à la persistance de la nature.

Le 4x4 nous attendait. C'était un Toyota rouge étincelant, rutilant comme dans un hall d'exposition, de manière plutôt incongrue. J'avais déjà eu l'occasion de rencontrer Vince, le chauffeur.

— Alex ! s'exclama-t-il comme si nous étions des amis perdus de vue.

C'était un homme du *bush* direct et bavard, d'une quarantaine d'années, à la peau tannée, qui avait un joyeux mépris pour la ville et un amour authentique pour la terre. Aussi propre et soigné que sa voiture, il portait un short et une chemise kaki bien repassés, des grosses bottes marron cirées et brillantes, et un Akubra marron posé de manière désinvolte sur l'avant de son front, de sorte que son visage souriant apparaissait juste sous le rebord. Lui, c'était un vrai de vrai et, comparé à lui, Steve Monahan m'apparaissait complètement factice.

Il se présenta à tout le monde, à tour de rôle, serrant fort chaque main.

— C'est quoi votre nom, *mate* ? Otto ? Salut, Otto ! Et ? Hilary !... Lee !

M. Moto sembla effrayé quand sa main fut saisie mais il finit par murmurer son nom. Vince parut voir là une victoire.

— Alors, Toshi, c'est ça ? Hein ? Pas la peine de faire le timide, *mate*.

Après avoir obligeamment posé avec son 4x4 pour la caméra de M. Moto, Vince nous embarqua dans son véhicule.

— OK. Alex, tu as déjà vu tout ça, donc à l'arrière, hein ? Et Toshi, vous voudrez filmer, donc vous avez un siège près de la vitre.

Il fit un grand sourire à Lee et Hilary.

— Mesdames je vous prends devant avec moi, donc Otto va à l'arrière aussi.

Pendant le trajet chaotique, Vince indiqua d'un geste la végétation qui nous surplombait.

— Vous vous êtes jamais demandé pourquoi ça s'appelle une forêt tropicale humide ? Je vous donne un indice. Parfois, il pleut 32 pouces en vingt-quatre heures.

Il se tourna pour évaluer la réaction des passagers à l'arrière et je me retins de ne pas me pencher pour attraper le volant.

— Quatre mètres, disons 13 pieds de pluie par an... *voilà pourquoi* ça s'appelle une forêt tropicale humide.

Il se retourna pour regarder la route, tirant le volant d'un coup sec pour nous éloigner du bord.

— Quand nous atteindrons la Daintree, je vous demanderai de ne pas vous baigner : ici, nous faisons attention à la nourriture des crocos.

Je dissimulai un sourire. L'humour pince-sans-rire du *bush* ne passait pas toujours bien dans les autres cultures. M. Moto, par exemple, fut de toute évidence perplexe.

— Des crocos ? dit-il.

— Il y a des crocodiles dans l'eau, expliquai-je.

— Des gros, renchérit Vince, lâchant le volant pour écarter largement les bras. De vingt, trente pieds !

Hilary afficha une surprise fort à propos.

— Mon Dieu, Vince, sont-ils mangeurs d'hommes ?

Vince sourit malicieusement.

— Ils vous coupent la jambe en trente secondes, parfois moins.

Il fit une pause dramatique.

— Ce que font les crocos, disons, c'est qu'ils vous attrapent et vous tirent dans l'eau. Ils vous massacrent jusqu'à ce que vous vous noyiez, puis ils calent votre corps sous un rondin pour plus tard. Ce sont des salauds rusés et ils peuvent se déplacer comme l'éclair s'ils le veulent.

— Il est fort probable que nous ne voyions même pas l'ombre d'un crocodile, dis-je, vivement.

Et ce fut le cas, en effet. Le ferry de la Daintree nous fit traverser une eau opaque verdâtre, apparemment vierge de dangereux reptiles, même si cela n'empêcha pas Hilary de scruter, pleine d'espoir, les profondeurs boueuses.

Sous la houlette enthousiaste de Vince, nous ricochâmes du ferry de la Daintree pour rebondir sur la route ouverte qui conduisait au cap Tribulation.

La canopée de la forêt tropicale formait un plafond si épais que nous avions l'impression de filer à travers une caverne verte gigantesque, remplie d'un air chaud et moite. De grands troncs d'arbre se dressaient en voûte, décorés de lianes qui les entouraient, d'orchidées, de lichens et de mousses.

— Là-haut, dit Vince en montrant du doigt à travers la Toyota, la forêt est comme un jardin sur le toit. Des fougères, des orchidées, des figuiers étrangleurs (je vous montrerai comment les étrangleurs s'y prennent quand nous nous arrêterons) et des papillons de huit pouces de large. C'est là que vivent les phalangers et les petits *sugar gliders,* mais ils ne sortent que la nuit et ils ne descendent jamais sur le sol.

La Toyota rugit quand la pente devint plus raide. À notre droite, la terre disparaissait dans un ravin si profond que les troncs d'arbre semblaient étreindre le sol tout en luttant pour atteindre la lumière. La caméra de M. Moto ronronnait pendant qu'il filmait la chute escarpée ; Après un coup d'œil horrifié, Otto me coinça contre la portière en se poussant résolument vers la gauche, mettant apparemment en pratique la théorie selon laquelle son poids considérable ferait contrepoids si nous penchions sur le côté.

Lee s'en amusa. Elle se retourna pour lui sourire.

— Nous n'irions pas loin, Otto. Les arbres nous arrêteraient.

Soudain, il y eut une brèche dans la canopée. Nous fûmes éblouis et la lumière éclatante nous fit tous cligner des yeux lorsque Vince arrêta le 4x4, dans un sursaut, au sommet de la côte.

— Cet endroit s'appelle la « fenêtre » parce que l'on peut regarder et voir le monde à l'extérieur de la forêt. Regardez, là derrière... c'est de là que nous venons. Il y a la Daintree qui se jette dans la mer.

À mes yeux, la végétation luxuriante semblait

grouiller dans une lutte incessante pour la vie. Les arbres, les plantes grimpantes, les fougères, les palmiers se battaient pour l'espace et la lumière. Les insectes bourdonnaient, l'humidité se levait comme une brume que l'on pouvait palper, la terre elle-même avait l'air vivante, voluptueuse. Loin au-dessous de nous on distinguait une étroite plaine côtière, puis le turquoise de la mer de corail que le serpent vert de la Daintree rendait trouble en s'y mélangeant.

Otto poussa une exclamation de surprise quand un énorme papillon, on eût dit un éclair bleu électrique scintillant, plongea et tournoya dans la lumière du soleil.

— C'est un ulysse, dit Vince. Observez-le quand il se pose. Il disparaît.

Tel un saphir vivant, l'ulysse glissait, virait, planait — comme s'il exposait délibérément sa beauté —, puis plongeait vers une fleur, repliait ses ailes et devenait virtuellement invisible quand le marron plus terne sur les côtés se fondait dans le décor.

Un petit oiseau au bec courbé et à la poitrine d'un jaune profond s'élança dans la clairière.

— Le papillon ! s'exclama Hilary.

Vince lui tapota le bras.

— Du calme. C'est un souimanga. Il mange du nectar, pas des insectes. C'est une femelle. Elle est jolie, mais attendez de voir le mâle.

Le petit oiseau émit un sifflement strident et, comme si cela avait été répété, un autre souimanga apparut. Ses ailes et son dos étaient couleur olive, et une partie de sa poitrine jaune, mais il avait une tache de bleu-violet métallique et brillant. Il rejoignit la femelle sur un buisson couvert de fleurs rouges, fit du sur place en battant des ailes, puis plongea son bec dans la fleur.

Je regardai Lee. Elle observait les oiseaux, un sourire illuminant son visage. Mon corps me rappela que je l'avais embrassée la nuit précédente ; et mon esprit me rappela à l'ordre.

Nous reprîmes la route, pénétrant à nouveau l'espace sombre et clos de la forêt. Vince débordait d'un plaisir possessif quand il gara la Toyota sous un panneau indiquant le chemin de Marrdja.

— Bon ! dit-il, en agitant les bras jusqu'à ce que nous formions un groupe obéissant devant lui. Marrdja signifie « forêt tropicale humide » dans la langue aborigène locale, au cas où vous voudriez savoir. Restez sur la promenade en bois et ne vous amusez pas à sortir du tracé.

Le soleil braquait ses rayons à travers les trous du plafond végétal et jonchait le sol de la forêt de taches de lumière.

— Regardez là-haut, dit Vince en pointant le doigt.

Je fus amusée de voir que nous suivions tous ses instructions, penchant la tête pour observer d'immenses palmiers aux feuilles en forme de parapluie frangé et ouvert.

— Ce sont des palmiers éventail, qu'on trouve seulement dans cette région.

Il nous laissa le temps nécessaire pour les admirer, avant de repartir en expliquant pourquoi le sol de la forêt, en dehors des plantes grasses et des fougères, était contre toute attente si clair.

— Les feuilles, les brindilles, les branches tombent en permanence, et dans ce climat, les couches pourrissent vite et se transforment en terre. La lumière pâle qu'on a ici au niveau du sol ne suffit pas à la plupart des plantes. Quand un arbre tombe et que le soleil brille à travers l'ouverture dans la canopée, les plantes se hissent et se battent pour la lumière. Et celles qui gagnent bouchent le trou avec leur feuillage si bien que les perdants meurent.

Avec le bout de sa botte, il remua le sol près d'un rondin en décomposition, découvrant un énorme criquet indigné.

— Un criquet royal, dit-il à Hilary, qui s'était reculée avec une exclamation étouffée. Et si vous pensez qu'*il* est gros, vous devriez voir les cafards qu'on trouve ici. Une selle ne tiendrait pas sur leur dos !

Lee s'arrêta près d'un arbre géant, dont le tronc était un enchevêtrement massif de saillies épaisses qui ressemblaient à des racines et qui formaient un motif à l'entrelacement recherché.

— Qu'est-ce que c'est ? On dirait que le tronc a été tressé.

Vince tapota l'arbre affectueusement.

— Le figuier étrangleur, dit-il. Je vous avais dit que je vous donnerais des infos à son sujet. Cela commence quand le fruit est mangé par des roussettes ou des oiseaux, et les graines tombent dans la canopée au-dessus de nos têtes. La graine du figuier commence à pousser dans l'angle d'une branche ou dans un petit creux, et je vous fais remarquer que ça se passe à 90, peut-être 100 pieds de hauteur. Et puis elle commence à envoyer des racines longues et fines jusqu'en bas, où nous sommes, qui forment un rideau autour du pauvre con d'arbre sur lequel elle pousse. Et quand elles atteignent le sol, bingo ! Ses racines deviennent plus grasses et plus solides et commencent à étrangler son hôte, pendant que ses feuilles filtrent le soleil au sommet, si bien que l'arbre finit par mourir. Et voilà elle a gagné.

Vince montra des écheveaux de fines plantes :

— Et ça ce sont des palmiers grimpants ou du rotin. Ils ne deviennent pas plus gros, vous voyez, et certains font des centaines de pieds de long. Ils grimpent en utilisant des crochets pour se pendre.

Il sourit.

— En Australie, on les appelle les « avocats grimpants », parce que, une fois que ces connards vous mettent le grappin dessus, ils ne vous lâchent plus.

Lee nous laissa pour s'avancer devant nous sur le chemin de planches. Soudain, elle s'arrêta, puis se pencha en avant. Elle se tourna vers nous, en nous faisant signe de nous taire. Je souris quand je vis l'échidné, ou fourmilier. Il poussait son long groin dans les couches de feuilles sur le sol de la forêt, faisant de temps à autre des pauses pour fouiller la matière végétale avec ses griffes impressionnantes.

Vince dit, dans un murmure :

— Je suppose que l'échidné ressemble à un hérisson pour la majorité d'entre vous, mais ils ne sont pas parents, même s'il a des piquants et mange des insectes. C'est un des animaux propres à l'Australie, avec l'ornithorynque : ils pondent tous les deux des œufs comme des oiseaux, mais ce sont des mammifères et ils allaitent leurs bébés.

L'échidné sembla se rendre compte de notre attention fixée sur lui. Il s'arrêta de renifler les feuilles pourrissantes, regarda dans notre direction avec ses yeux noirs minuscules, puis s'enroula prestement pour former une boule d'épines longues et brunes.

Otto entreprit de toucher les pointes hérissées, mais l'animal se roula encore un peu plus en boule. Tandis que M. Moto s'agenouillait pour son inévitable séquence vidéo, Lee me glissa à l'oreille :

— J'ai connu des gens comme ça. Charmants, mais ils ne vous laissent voir que leurs épines.

J'approuvai d'un signe de tête, avec l'envie de rétorquer :

— Vous voulez parler de moi ?

Mais je ne voulais pas courir le risque qu'elle me réponde, en me jetant un regard interloqué :

— Vous ?

On entendait au loin le chant interminable du whipbird mâle, une sorte de craquement continu, suivi de la réponse de sa femelle par un son qui semblait dire « chou chou ». Vince nous fit un signe.

— Regardez donc ça, dit-il tout sourire. Le geckoqueue en feuille. Il se tapit, ressemble à un morceau d'écorce. Regardez comme ses flancs sont frangés en quelque sorte. Ainsi, il ne projette pas d'ombre précise, en attendant qu'un insecte peu méfiant, ou lézard plus petit, ou même une rainette verte, se pointe par hasard et devienne son déjeuner.

J'ai toujours eu un faible pour les rainettes. En dehors de leur couleur vive, elles ont des ventouses sous leurs pieds et sont capables de grimper des parois de verre, me faisant ainsi penser à des alpinistes qui progressent avec précaution sur une falaise. Elles ont aussi, j'en suis convaincue, un véritable sens de l'humour. Je me souvins d'un incident qui avait dû provoquer une grande hilarité chez les grenouilles. J'escortais à travers le Queensland un TO suisse très tatillon et, au cours d'une étape nocturne au cap York, il avait visité les toilettes plutôt rudimentaires. Il s'était précipité vers moi, scandalisé, horrifié, en insistant pour que je l'accompagne et il s'était plaint qu'une grenouille verte lui avait souri sous le bord de la cuvette.

— Est-ce qu'elles nagent dans la citerne ? avait-il demandé.

— Regardez, avais-je répondu en tirant la chasse d'eau.

Dans le tourbillon d'eau, deux corps verts furent catapultés de leur cachette. Je les entendis presque crier « waou ! » en glissant sur la cascade. Quand le calme revint, l'une d'entre elles avait disparu dans le trou et l'autre grimpait joyeusement sur la porcelaine lisse. J'étais enchantée de leurs prouesses ; le gentleman suisse avait été beaucoup moins impressionné.

— Qu'est-ce qui vous fait sourire ? demanda Lee.

— Les rainettes. Je vous expliquerai.

Vince faisait montre d'éloquence et de lyrisme :

— Si je vous avais ici la nuit, nous avancerions à la lampe torche, et vous verriez des wallabies, et des kangourous arboricoles, et des roussettes, et des petits potorous de la taille d'un lapin, et des couscous à la tête ronde, sans oreilles et avec d'énormes yeux qui vous fixent…

Nous prîmes la direction de la côte et du cap Tribulation, avec Vince toujours plein d'allant et d'enthousiasme.

— Vous voulez savoir pourquoi ça s'appelle cap Tribulation ?

C'était une question rhétorique. Il poursuivit avant que quelqu'un ne puisse répondre.

— C'était en 1770, et le capitaine Cook qui était en train de découvrir l'Australie heurta un récif vers ce cap. L'*Endeavour* ne coula pas, mais cette histoire lui causa tellement de problèmes qu'il nomma l'endroit cap Tribulation.

Il secoua la tête.

— Naviguer autour du monde sur ces coques de noix, il fallait en avoir.

Nous nous arrêtâmes sur une plage près de laquelle il était prévu de déjeuner dans un hôtel niché au creux de la forêt. Vince sauta de la Toyota et fit un grand geste.

— Le récif, la forêt, la plage !

La végétation luxuriante s'interrompait au bord du sable beige rosé, qui s'étendait, désert, en direction d'une pointe fuyante. L'eau émeraude ondulait, paresseuse, et au-dessus de nos têtes, le ciel offrait un azur si profond qu'il semblait vibrer.

J'éprouvai une grande fatigue, à la fois physique et émotionnelle. La lumière du soleil était trop éclatante, la beauté trop époustouflante. Je sentis soudain le poids du temps m'oppresser, en me rendant compte que ce paysage n'avait pas changé depuis au moins un million d'années. Des créatures bizarres, des kangourous gigantesques, des wombats de la taille d'un rhinocéros, des marsupiaux énormes et féroces avaient parcouru les forêts primitives, peuplant le rivage comme le faisait à présent la forêt tropicale ; la mer avait grouillé de monstrueuses créations alors que de minuscules polypes de corail commençaient les fondations des remparts qui deviendraient la Grande Barrière.

Je sursautai quand Lee parla tout près de moi, ses mots faisant écho à mes pensées.

— C'est un continent si ancien.

Vince l'entendit.

— Le plus vieux du monde, dit-il fièrement. Nous avons des rochers dans l'*Outback* que des scientifiques font remonter à 3000 millions d'années.

Otto, qui avait une passion pour les détails, voulut en savoir plus. M. Moto se montra peu intéressé puisqu'il n'y avait rien à filmer.

— On va déjeuner, Vince ? dit Hilary en arborant un sourire charmeur. Je meurs de faim.

Le repas fut une réussite, avec des fruits de mer servis simplement, ce qui mettait en valeur leurs parfums, mais je n'eus pas de goût pour ce que je mangeais. Vince devait nous reconduire à l'hélicoptère afin que nous puissions survoler la côte qui était spectaculaire entre Port Douglas et Cairns. La fatigue m'avait presque submergée, et je me tenais, silencieuse, au milieu de la banquette arrière entre la présence massive d'Otto d'un côté et M. Moto et sa sempiternelle caméra vidéo de l'autre. Hilary et Lee étaient plongées dans une conversation et je ressentis une pointe de … jalousie ? Je fermai les yeux : j'étais décidément trop fatiguée pour réfléchir.

Cette idée aurait pu me faire sourire : réfléchir n'était pas du tout ce que j'avais en tête.

Le cliquetis de l'hélicoptère me portait sur les nerfs, et je regardais sans les voir les plages magnifiques, ces étendues de sable tranquilles, bordées d'une mer idyllique et de palmiers, qui couraient sans discontinuer en dessous de nous. J'aurais voulu que Vince soit avec nous. Il nous aurait parlé des caps, des plages, en agrémentant le tout d'anecdotes ou d'histoires sur chaque endroit.

Mais peut-être avions-nous tous eu notre dose de beauté. M. Moto avait cessé de filmer, Otto regardait par le hublot en silence, Hilary couvrit un bâillement d'une main gracieuse. Lee était assise derrière le pilote, mais, pour une fois, elle n'avait pas de question. J'examinai son profil et ses traits incisifs. Elle semblait forte, déterminée, implacable. J'étais sure qu'elle tiendrait sa promesse, qu'elle se comporterait comme s'il n'y avait jamais eu de baiser, ni d'écart de conduite de ma part. Mais parviendrait-elle à l'oublier ? *Moi,* je ne le pouvais pas.

8

Je me couchai, fatiguée et mélancolique. Je me réveillai, reposée et mélancolique. Je m'étirai et bâillai, des pans de rêves flottant encore dans mon esprit, s'effilochant pour se dissiper dans la lumière. Avais-je rêvé de Lee ? J'avais en mémoire son petit rire rauque qui s'était effacé quand le radioréveil s'était mis en marche avec une musique tonitruante.

Sauter du lit était bien la dernière chose que je souhaitais faire. J'éteignis la radio, puis m'enfouis de nouveau sous les draps et cachai mon visage dans l'oreiller. À moitié somnolente, mon imagination perfide m'emplit de sensations douces et érotiques. Embrasser Lee encore — la texture de sa bouche, la pression de son corps contre le mien à me couper le souffle…

Je m'assis sur le lit.

Ceci est carrément impossible. Je me suis entichée d'une femme qui rirait bien si elle savait ce que je ressentais. Je dois garder un semblant de dignité, sans parler de préserver ma carrière…

Je me souvins qu'une réunion du personnel était prévue tôt ce matin, ce qui me fit sortir du lit en rageant. J'encourageai cette colère — c'était un moyen de contrecarrer le désir qui me dérangeait et me perturbait car je sentais qu'il n'était pas simplement impérieux. J'étais vraiment déterminée à ignorer toute dimension plus profonde. On m'avait bien appris à ne pas trop espérer parce que la déception en était alors d'autant plus vive.

Aie de la fierté, Alex. Elle ne peut pas te rejeter si tu gardes tes distances.

Il ne servait à rien de me faire la leçon. Mon imagination échappait à ma volonté et s'envolait pour échafauder d'alléchantes images. Lee était lesbienne. Elle aimait les femmes. Elle me montrait qu'elle appréciait ma compagnie. Elle avait ouvert la bouche et m'avait embrassée, vraiment embrassée. Et si j'étais restée, si je n'avais pas fui, que se serait-il passé ?

Je me dirigeai vers la salle de bains.

— Douche froide ! me prescrivis-je à haute voix, sans me ménager.

Un baiser était juste un baiser. Faire l'amour était plus fort en intensité qu'une banale embrassade. Lee était une professionnelle... Et moi aussi, nom de nom, j'étais une professionnelle. Et Sharon avait dit que Lee ne mélangeait pas le travail et le plaisir. Je n'avais aucune raison de supposer qu'elle violerait ses règles pour Alex Findlay.

Je parvins néanmoins à grimacer tristement un sourire. *Dommage ... mais c'est comme ça.*

Cette journée était vitale dans la réussite du congrès. Nos voyagistes australiens pure souche allaient soumettre leurs produits à l'évaluation pointilleuse de TO internationaux aussi bien qu'à des petites entreprises qui opéraient sur des marchés particuliers en organisant des circuits spécifiques. C'était le jour où des forfaits étaient élaborés, des contrats établis, des possibilités touristiques concrétisées.

Le but de cette réunion matinale était de nous insuffler un maximum d'efficacité et d'enthousiasme. Nous devions tous êtres habillés de blanc, avec nos badges largement exhibés. Chacun avait un rôle précis et le mien, celui d'« activateur/animateur » — Sir Frederick s'était récemment mis à employer un jargon tiré de la psychologie et des théories du management —, consistait à m'assurer que les négociations entre les réceptifs et les TO se passaient pour le mieux et que tous les détails étaient réglés aussi discrètement et efficacement que possible. Lee Paynter et Otto Schmidt étaient sous ma responsabilité, même si tous les employés de l'APP se devaient de faciliter la vente du tourisme australien de manière générale.

Je fus presque en retard à la réunion. Heureusement, les cheveux roux de Sharon me servirent de repère et je me faufilai à travers la foule pour lui saisir le bras. Elle retournait à Sydney le lendemain et je voulais son avis avant qu'elle ne parte.

— Puis-je te parler cinq minutes, après ? C'est important.

Elle leva un sourcil interrogateur :

— C'est encore Steve ?

— Non, encore pire. *Lui,* je sais comment le prendre.

— Alors, c'est Sir Frederick.

— Tu as remarqué ?

Sharon me fit un sourire compatissant.

— Ça oui, et aussi quelques méchants ragots de la part de Jackie Luff. Je voulais t'en parler après la réunion. Elle fait courir le bruit que tu te sers de la promotion canapé pour réussir.

— Génial !

Sir Frederick tapa le pupitre pour capter l'attention. Jackie Luff, dans son rôle de fidèle lieutenant, nous foudroya du regard pour obtenir le silence. Je la foudroyai en retour.

— Je n'ai vraiment pas besoin de ça en ce moment, dis-je à Sharon. Je vais la remettre à sa place.

Elle me fit un large sourire.

— Je peux regarder ? Elle ne l'aura vraiment pas volé.

Sir Frederick frappa le pupitre avec une impatience évidente. Le silence se fit, qu'il laissa se prolonger un moment avant de commencer :

— Je n'ai pas besoin de vous dire l'importance de cette journée, car maintenant, nous allons récolter les fruits de tout notre travail de ces derniers mois...

Prenant soin d'afficher une expression attentive, je décrochai du discours aux accents britanniques saccadés et tentai d'évaluer ce que je ressentais. Choisir des mots pour décrire mes réactions face à une situation m'aide souvent à m'en faire une image précise. Assise au milieu de la réunion, le regard vague fixé sur la silhouette élégante de Sir Frederick, je choisis les mots suivants : *nerfs en pelote, tendue, combative,* et *entichée* qui trompa ma vigilance. J'eus un sourire ironique. La capacité de Lee Paynter à perturber ma sérénité était extraordinaire.

La réunion se termina et Sharon et moi sortîmes au soleil. Steve nous rejoignit, pimpant dans une tenue blanche immaculée, arborant un sourire triomphant. Il avait toujours l'air content de lui, pensai-je, comme s'il venait de se regarder dans la glace et qu'il avait apprécié ce qu'il y avait vu.

— Alors, j'avais raison, non ? me dit-il, avec un geste discret en direction de Sir Frederick.

Je m'imaginai en train de lui fourrer deux doigts dans les yeux et cette pensée me fit plaisir.

— J'espère que tu ne comptes pas trop sur Jackie pour tes informations, lui dis-je, d'un ton joyeux. Elle a rien compris au film.

Pendant que je parlais, l'assistante de Sir Frederick émergea de la salle de réunion. Je quittai Sharon et Steve et me plantai devant elle.

— Jackie, je désire vous parler. Tout de suite. Et en privé.

Elle essaya de me contourner.

— Je suis trop occupée.

— Tout de suite, Jackie. Ça ne prendra pas longtemps.

Je maîtrisais plutôt bien ma colère, mais ma voix trahissait mes sentiments. Jackie acquiesça, le visage pivoine. Nous retournâmes dans la salle de réunion désertée et je fermai la porte derrière nous. Je n'élevai pas la voix ; ma mère m'avait appris qu'un ton calme et mordant pouvait être amplement efficace.

— On m'a dit que vous répandiez des rumeurs sur moi et Sir Frederick.

Jackie ne voulait pas me regarder dans les yeux. Elle haussa les épaules, fit la moue et dit, à contrecœur :

— Je ne sais pas de quoi vous voulez parler.

— J'ai cru comprendre que vous aviez dit à plusieurs personnes que je couche avec Sir Frederick.

Ma franchise lui fit cligner les yeux.

— Qui vous a dit ça ?

Je n'allais pas me laisser distraire par ces questions subsidiaires.

— Vous voulez vraiment impliquer d'autres personnes ? C'est assez dégueulasse comme ça, mais s'il le faut, je suis prête à aller jusqu'au sommet de la hiérarchie. Je tiens à ma réputation tant professionnelle que personnelle et il n'y a absolument aucune vérité dans ce ragot.

Elle me jeta un regard noir.

— Vous vous moquez bien de sa solitude. C'est juste une opportunité pour vous de réussir, d'en tirer profit. Sir Frederick a perdu sa femme et ses enfants sont grands, ça fait de lui une proie facile, non ?

— C'est ridicule, répondis-je, exaspérée. Vous n'avez pas le droit de raconter une histoire dont vous savez pertinemment qu'elle est fausse. Vous en supporterez les conséquences.

Silence. Jackie se balançait d'un pied sur l'autre, mal à l'aise. Mentionner que j'irais jusqu'au sommet de la hiérarchie était une menace sans ambiguïté, et elle savait comme moi que les effets seraient préjudiciables.

— Bon, finit-elle par dire, que voulez-vous que je fasse?

— Vous allez dès maintenant arrêter de répéter cette

histoire. Vous allez dire que c'est faux à quiconque vous en reparle.

Je ne parvenais plus à contenir ma colère et m'adressai à elle d'un ton plus véhément.

— En gros, Jackie, vous allez la fermer !

Je ne voulais pas qu'elle sauve la face. Je ne voulais pas clore notre conversation en lui laissant croire que nous pourrions nous réconcilier. Quand elle ouvrit la porte, je lançai :

— Et ne refaites plus jamais ça !

C'était un semblant de victoire. Sharon ne manquerait pas de contredire le téléphone arabe et la rumeur, à moins d'être répétée, s'évanouirait rapidement pour être supplantée par le dernier ragot en date. Je ne voyais donc pas la nécessité de démentir en personne ce que Jackie avait dit ; le temps s'en chargerait à ma place.

Mais si la rumeur m'avait associée à Lee ? Si Jackie avait fait courir le bruit que j'étais lesbienne ? Je serais incapable de l'assumer... pas maintenant — jamais.

Le soir même, Sir Frederick déclara que la journée était un immense succès. Elle avait passé vite pour moi : j'avais multiplié les aller-retour entre Otto et Lee. Pourtant, ils avaient tous les deux bien préparé leurs dossiers, ils savaient ce qu'ils voulaient et n'avaient donc besoin de moi que pour localiser leurs interlocuteurs et faire les présentations.

Bon nombre de représentants allaient quitter Tern Island le lendemain, certains pour des destinations à l'intérieur de l'Australie accompagnés par le personnel de l'APP, d'autres pour rentrer chez eux. C'est pour cette raison que le dîner avait des allures d'adieu officiel, même discret. Je m'habillai avec un soin particulier, d'un pantalon en soie, avec une taille haute et d'un chemisier assorti à manches longues, dans les tons d'ambre doré qui mettait en relief mes cheveux et mes yeux sombres.

J'étais installée à la table officielle et me surpris à chercher Lee des yeux. Elle entra dans la salle en compagnie d'Hilary, qui arborait une tenue outrageusement décolletée, d'un rose criard qui lui allait bien sûr à merveille. Lee, en revanche, portait une robe bleu ciel d'une couleur si pâle que l'on aurait dit du blanc. Elle avait aussi le bracelet en argent ajouré qu'elle portait le premier soir. Elle me sourit en prenant place à sa table.

Après le dîner, Sir Frederick prononça un discours bref et charmant, puis il demanda à un petit groupe d'entre nous de le rejoindre pour prendre le café dans sa mini-villa. Il mena la marche avec M. Wen de Corée, mais en faisant de si grands pas qu'il obligeait le petit homme à trotter pour rester à sa hauteur. J'étais en compagnie de Tony et Sharon, silencieuse, sous la caresse troublante de l'air chaud et parfumé. Derrière nous, Hilary Ferguson riait avec Lee au sujet d'une quelconque histoire. Je pris acte, à contrecœur, du temps qu'elles semblaient désormais passer ensemble…

Plus richement meublées que les bungalows, les villas étaient conçues pour recevoir. Le luxueux logement de Sir Frederick était caché par un écran de buissons fleuris, judicieusement placés pour donner l'impression que la maison était située dans son propre jardin, loin des autres bâtiments. Il y avait dans la pièce principale de profonds canapés, une moquette blanche épaisse et des portes-fenêtres qui donnaient sur un patio en pierre. Un serveur se tenait prêt à nous servir du café et un assortiment de petits gâteaux pendant que Sir Frederick proposait en toute simplicité un plateau de liqueurs. J'acceptai un café noir. Après le vin bu au cours du dîner, je craignais le mélange détonant que pouvaient donner la proximité de Lee et une nouvelle dose d'alcool.

Je fis le tour de la pièce, échangeant quelques mots avec chacun, m'attardant plus longuement auprès d'Otto qui déclara galamment avoir le cœur brisé de me quitter. Je n'adressai pas la parole à Lee. Je finis par tomber nez à nez avec Tony, qui avait pris la même route circulaire mais dans le sens contraire.

— Nous avons fait notre boulot, dit-il. Cherchons un coin pour nous asseoir.

Tony s'écroula à côté de moi sur un grand divan orange.

— J'aime les meubles imposants, Alex. Ils s'accordent avec mon ego imposant.

Il y eut un éclat de rire de l'autre côté de la pièce où se tenait Hilary, d'une humeur apparemment pétillante, en train de se distraire avec Lee et Steve ; d'après moi, elle paraissait intéressée par Lee, plus que par lui. Ce rire fit également sourire Tony. Il regarda Hilary d'un air approbateur :

— Elle est très belle, n'est-ce pas ?

Son ton était admiratif, mais il n'y avait là aucune connotation sexuelle. Je me posai, une fois encore, des questions à son sujet. Il avait été marié et avait des enfants, mais son divorce datait et ses gosses étaient presque grands.

Il me donna un léger coup de coude.

— Observe Steve, là-bas.

La conversation entre Lee et Hilary était animée, et les tentatives évidentes de Steve pour s'en emparer paraissaient contrariées.

— Se pourrait-il qu'on soit en train de snober Steve ? s'interrogea Tony, avec une ironie appuyée. Il n'est pas possible qu'on lui refuse ainsi la vedette...

— On le dirait bien pourtant, dis-je d'un ton léger.

Je portai délibérément mon attention sur Tony, en essayant d'ignorer les deux femmes, mais je sentis une pointe... De quoi au juste ? De rancœur ? De jalousie ?

Sir Frederick vint à mon secours en tirant une chaise pour se joindre à nous. Il était enchanté des résultats de la journée et voulait notre avis sur la question. Je pus ainsi reporter ma concentration sur les réponses à lui donner en même temps que mon opinion. Et ce soir, son attitude à mon égard était professionnelle, comme à son habitude. Il était tentant de penser qu'il avait entendu la rumeur que Jackie faisait circuler et qu'il avait décidé de battre en retraite.

Quand plusieurs personnes accaparèrent l'attention de Sir Frederick, je profitai de l'occasion pour m'échapper. La pièce était emplie de bruit — de rires, de conversations, du cliquetis des tasses et des verres. Envahie par ce sentiment d'aliénation que je connaissais bien, je me frayai discrètement un chemin jusqu'aux portes-fenêtres et me glissai dehors. Quelques pas dans le jardin suffirent à atténuer les voix en bruit de fond. Je m'assis sur un banc de pierre pour laisser la quiétude de la nuit me pénétrer. La lune ascendante jetait de la lumière et des ombres, des criquets — géants sans aucun doute — lançaient des appels et le parfum des fleurs tropicales vivifiait la brise légère.

— Puis-je me joindre à vous ? demanda Lee

Mon cœur fit un bond, pas de surprise, ni de joie, mais de peur. Certes, je la désirais avec une passion déroutante, qui me saisissait jusque dans ma chair, mais ça encore, je pouvais le supporter. C'était ce que je ressentais pour Lee... Cela avait une autre dimension, une mesure plus profonde, plus sombre, plus dangereuse.

— Alex ?

Sa voix me ferait-elle toujours l'effet d'un coup de poignard dans le cœur ?

— Oui ?

Elle se tenait debout et me regardait en fronçant les sourcils.

— Quelque chose ne va pas ?

Je détournai les yeux.

— Oui...

Dis-le. Pour une fois, ose dire ce que tu penses et ce que tu ressens.

Le clair de lune inonda le jardin, les criquets chantèrent plus fort. Je levai les yeux vers elle.

— Je voudrais coucher avec vous.

Les lèvres de Lee se retroussèrent dans un léger sourire.

— Allons-y.

— Comme ça ?

Son rire rauque me coupa le souffle.

— Comme ça.

Nous empruntâmes le chemin jusqu'à son bungalow, dans le clair de lune, sans nous toucher, ni même échanger un mot. Je ne pensai plus à rien, un brin fataliste. Ce qui arriverait, arriverait. Et si c'était un échec, si je me rendais complètement ridicule, c'est que c'était écrit.

Lee mit la clé dans la serrure, ouvrit la porte, me fit signe d'entrer. Elle semblait calme, concentrée, distante.

Elle a déjà fait ça des milliers de fois. Cela n'a rien d'extraordinaire pour elle.

La pièce était sombre, la seule lumière provenait d'une lampe sur la table de chevet. J'entendais le sang battre à mes oreilles. Lee se tenait debout et attendait.

Je la regardai dans les yeux, voilés par l'obscurité, la vis tendre les bras, et me plongeai dans son étreinte comme une automate.

La chaleur de sa bouche éveilla un désir bouleversant, impérieux. Il me faisait trembler, il me faisait gémir.

Je voulais déchirer les habits de Lee, avoir sa peau nue sous mes doigts, la goûter, la dévorer. Mais c'est elle qui me déshabilla, sans cesser de m'embrasser pendant que ses mains se glissaient sous mon chemisier, dégrafaient mon soutien-gorge, retiraient mes vêtements jusqu'à ce que je sois torse nu. Elle pencha la tête et je sentis ses cheveux blonds me chatouiller la gorge ; elle plaça ses mains autour de mes seins, puis taquina mes mamelons gonflés de ses dents et de sa langue.

Cela m'arracha un gémissement. Il fallait que je parle.

— Je ne peux plus rester debout.

Était-ce bien là ma voix, que le désir rendait si rauque ?

— Encore un peu, murmura Lee.

À présent ses doigts étaient à ma ceinture, adroits et sûrs. Je lui vins en aide, pressée d'être entièrement nue. La douleur entre mes jambes était devenue si urgente que je n'avais qu'une envie : saisir sa main et la supplier de faire vite, vite.

Mon désir était débridé. Ma respiration était saccadée. Je n'avais plus les moyens de contrôler mon corps.

— Lee, je ne peux plus attendre.

Le contact froid des draps contre ma peau en feu. Mes hanches qui se soulèvent, mes jambes qui s'écartent dans un réflexe. La bouche de Lee sur ma poitrine, sa main, forte et assurée. Une délicieuse tension saisit mon corps de l'intérieur et je me cambrai, tremblante.

À mes oreilles, la voix de Lee, dirigiste mais douce :

— Je veux te voir jouir, Alex.

Puis j'entendis mes gémissements sous les vagues du plaisir soulageant mon corps par à-coups.

Ça ne se passe pas comme ça, d'habitude. Ces cris. Cette sensation d'avoir les os désagrégés et le corps liquéfié...

J'étais allongée, le visage niché dans son cou, remplie d'une délicieuse lassitude. J'avais conscience du tissu de sa robe, doux et fin contre ma peau nue.

— Lee ?

Elle eut un petit rire profond.

— Alex ?

— Je voudrais te déshabiller...

Quel mot faible ... vouloir... désir... envie de ta peau sur la mienne.

Elle se contenta de me regarder me battre avec sa fermeture Éclair, les yeux sombres, les lèvres légèrement ouvertes dans un pâle sourire. Elle semblait calme, passive, mais son pouls battait fort dans sa gorge. Soudain, j'eus le besoin urgent de la tenir dans mes bras, de la dévorer, d'assouvir la soif insatiable que son corps m'inspirait.

— Aide-moi, dis-je d'une voix pâteuse.

Elle sortit du lit, se tint debout pendant que j'ôtai le reste de ses vêtements. Je sentis la chaleur de sa peau légèrement hâlée sous mes doigts. Je la voulais sur moi, je voulais mes doigts à l'intérieur de son corps, je voulais...

— Oh, mon dieu, m'entendis-je soupirer.

Les yeux à moitié fermés, elle regardait ma bouche. Nos lèvres, nos langues se rencontrèrent. Mes bras étaient serrés autour d'elle, pour la maintenir contre moi, pour presser son corps fort contre le mien. Notre baiser multiplia les sensations, dans un tourbillon de sentiments si intenses que cela en devenait douloureux : mais une douleur interdite, délicieuse.

J'avais l'intention d'être lente, douce, attentionnée, mais je tremblais d'une passion que seul le corps de Lee pouvait assouvir. Je m'écroulai sur le lit, l'entraînant dans ma chute. Elle n'opposa aucune résistance, me laissa la retourner pour que je sente son poids sur moi, ses seins lourds et généreux sous ma bouche ouverte à leur douceur. Ma cuisse entre ses jambes, elle se mit à bouger contre moi, aussi excitée que moi et tout aussi tremblante.

Il n'y avait rien d'autre que Lee : ses cheveux blonds en désordre, sa respiration saccadée, le goût de sa peau, le rythme effréné de son corps.

Je me rendis compte que je sanglotais. Je m'en rendis compte, mais j'étais incapable de savoir pourquoi.

9

Le vol à destination de Cairns devait partir au milieu de la matinée, quelqu'un devait donc bientôt venir chercher mes bagages. J'étais debout, à contempler sans grande conviction ce qu'il me restait à mettre dans ma valise, à me demander pourquoi j'avais l'impression qu'il y avait systématiquement plus de choses à emballer que ce que j'avais emporté au départ.

Je m'assis sur le bord du lit. Méditer sur mes difficultés à faire mes bagages pour me prouver que tout était normal ne servait strictement à rien. Des images vivaces n'en finissaient pas de percer mes défenses : le clair de lune, les seins de Lee, les draps froissés, la sueur sur la peau, la douleur du désir, mes larmes...

— Pourquoi pleures-tu ? avait-elle demandé d'une voix douce.

— Je ne sais pas.

Elle m'avait tenue dans ses bras, m'avait réconfortée, jusqu'à ce que la passion s'empare à nouveau de moi, m'emplissant d'un appétit insatiable, démesuré que je n'aurais jamais soupçonné.

Puis nous avions dormi. Je m'étais réveillée à l'aube, la tirant de son sommeil en essayant de me dégager de son étreinte.

À moitié endormie, elle m'avait regardé m'habiller à la hâte.

— Pourquoi pars-tu, Alex ? Reviens au lit.

Je devais m'enfuir. La culpabilité, la peur, l'inquiétude martelaient mon esprit.

Elle sourit.

— Tu embrasses tes amantes avant de partir, ou tu te contentes de t'enfuir ?

— Je me contente de m'enfuir.

Cela s'était passé quatre heures auparavant, et j'avais eu assez de temps pour réfléchir à tout ça. C'était, pour moi, une situation sans issue. La passion, que j'avais toujours tenue à distance dans mes fantasmes, était devenue une réalité brûlante ; penser à cette femme suffisait à me consumer. Et derrière ce désir physique, il y avait quelque chose de plus. Je voulais partager, échanger de la tendresse, du soutien, de la compréhension.

Bon sang ! Une nuit avec cette femme et tu veux un amour éternel. Sois un peu adulte, Alex.

Ma carrière était jusqu'à présent la seule chose rassurante dans mon existence, mais elle pouvait désormais être remise en question. Je me méprisais d'être aussi craintive, mais cela n'éludait pas mon angoisse pour autant. Lee était ouvertement lesbienne. Et si quelqu'un m'avait vu sortir de son bungalow ? Comment allait-elle agir avec moi maintenant ? Allait-elle montrer que notre relation était devenue intime ?

Je m'étais inquiétée pour rien. Dans le minibus, dans le petit avion, pendant le voyage à destination de Cairns, puis dans le terminal, en attendant nos vols respectifs, Lee fut égale à elle-même. Il n'y eut aucun regard en coin, aucun sourire entendu, aucune allusion dans sa conversation. Comme d'habitude, elle était toute à ses affaires.

Ma réaction m'arracha un sourire d'amertume. J'étais soulagée et en même temps agacée. Notre rencontre passionnée signifiait-elle donc si peu pour elle ?

De Cairns, Sir Frederick et Steve Monahan devaient

prendre en charge un petit groupe dont Hilary Ferguson faisait partie, jusqu'à Top End, en passant par Darwin puis le parc national de Kakadu. De mon côté, j'allais avec Tony Englert, M. Wen, le représentant coréen, et Lee, en direction du Centre rouge, d'abord à Alice Springs puis à Ayers Rock. Les autres nous y rejoindraient avant que nous ne reprenions tous le chemin de Sydney.

Il était heureux, pensai-je avec une certaine ironie, que Sir Frederick et Steve soient éloignés de moi pendant les quelques jours qu'il me faudrait pour régler mes problèmes. Seulement quelques jours ? J'entendais la voix de la raison rire de me voir si confiante.

À l'aéroport de Cairns, Sharon, qui rentrait directement à Sydney, me prit dans ses bras et me fit une bise sur la joue :

— Tu as l'air radieuse, Alex, dit-elle. Qu'est-ce que tu as fait ?

Sir Frederick se contenta de poser la main sur mon épaule avec un sourire chaleureux.

— Comme je l'ai déjà dit, Alexandra, je suis très satisfait de vos progrès. Nous devrons reparler de votre avenir bientôt.

Steve réussit à s'écarter d'Hilary Ferguson assez longtemps pour dire en aparté :

— Tu es bien partie, ma belle. Joue les bonnes cartes et au bout de la ligne droite, tu peux espérer devenir Lady Alexandra.

Tony se tenait derrière moi en silence, et quand Steve s'éloigna, je le vis suivre du regard sa démarche désinvolte avec dans les yeux quelque chose qui ressemblait à de la haine.

Je lui touchai la main.

— Tony, qu'est-ce qu'il t'a fait ?

Son visage se ferma.

— Rien.

— Oh arrête ! Cela se voit que tu le détestes. Certes, il est énervant et égocentrique, mais il ne mérite sûrement pas qu'on le haïsse.

— Steve est un vrai salaud, dit-il doucement. Fais attention à lui, Alex. Il est dangereux.

Levant les yeux sur le tableau lumineux, il changea de sujet avec un soulagement visible.

— Le vol pour Alice est en train d'embarquer... Je vais chercher notre M. Wen.

Tony était assis à côté de Lee, puisque Sir Frederick m'avait ordonné de saisir l'occasion de ce long voyage pour me rendre agréable auprès de M. Wen. C'était aussi du bon sens. Si j'étais promue directrice régionale pour l'Asie, une grande partie de mon attention serait dirigée vers le marché coréen en plein essor.

L'anglais de M. Wen était excellent. Habillé d'un short de coton gaufré plutôt froissé, et d'une chemise à fleurs voyante, il couvait un sac pour appareil-photo plein à craquer, sur ses genoux dénudés. Je l'avais installé du côté du hublot et, comme le temps était au beau et absolument sans nuage, nous discutâmes des différentes caractéristiques de l'immense paysage qui se déployait lentement sous les ailes argentées. Nous faisions route vers le sud-ouest en direction du centre géographique de l'Australie, le véritable *Outback*, appelé aussi le Cœur rouge ou le Centre rouge, une terre vaste, à moitié aride, très peu peuplée, d'une étrange majesté avec ses massifs anciens de montagnes rouges, de rochers colorés et de gorges de grès.

Quand nous approchâmes d'Alice Springs, je lui parlai de la régate sur la Todd — une blague typiquement australienne car la Todd n'est vraiment rien d'autre qu'un lit de rivière asséché, marquée par une série de trous d'eau, dont l'un a donné son nom à Alice Springs. La régate se déroule chaque mois d'août, les bateaux n'ont pas de fond, et les équipages les portent en courant énergiquement le long du cours d'eau asséché.

Je me tus quand la terre au-dessous de nous devint encore plus spectaculaire — l'étendue du désert, les monts MacDonnell, les méandres des lits asséchés d'anciennes rivières : le fondement des légendes du *Dreamtime* des Aborigènes.

L'Alice, comme on la surnomme, est une éruption de civilisation au milieu de nulle part, et chaque fois que j'y viens par les airs, elle m'apparaît comme le Palm Springs du désert australien.

Quand l'avion s'approcha de l'aéroport, M. Wen se tourna vers moi, en s'exclamant d'un air triomphant :

— *Une ville comme Alice !*

Il montrait par là même que l'histoire de Nevile Shute, qu'elle soit un livre, un film ou une série télévisée, captive toujours autant l'imagination.

Tony et Lee étaient assis deux rangées devant nous et j'avais remarqué qu'ils avaient discuté — à voix basse, ce qui ne ressemblait pas à Lee — pendant la plus grande partie du voyage. Au moment de débarquer, ils avaient tous les deux un air grave et préoccupé. Cela me perturba, pour des raisons que je ne cherchai pas à m'expliquer. Je rattrapai Tony tandis qu'il se dirigeait à grands pas vers la plate-forme de retrait des bagages.

— De quoi diable avez-vous bien pu discuter, Lee et toi ? lui dis-je, d'un ton que je voulais léger. Vous avez tous les deux une mine carrément tragique.

— Cela ne te concerne pas, Alex.

Sa réaction me surprit et me blessa. J'avais pensé que notre amitié me permettait de lui poser de telles questions.

— Désolée.

Il s'arrêta.

— Écoute, je ne voulais pas... C'est quelque chose dont je ne peux pas discuter.

— En tout cas, tu peux le faire avec Lee.

Il hocha la tête simplement.

— Oui, je peux avec Lee.

Cela ne servait à rien de demander pourquoi ; son

expression indiquait que la discussion était close. Je fis une remarque anodine et joyeuse pour lui montrer que je comprenais que ce sujet dépassait les limites autorisées. Je n'en méditais pas moins sur ses réticences plutôt déconcertantes. De quoi pouvait-il discuter avec Lee, qu'il connaissait peu au demeurant, qu'il ne pouvait discuter avec moi ?

Le vol avait été long et nous fûmes tous les quatre silencieux dans le taxi qui nous conduisait au Sheraton. Le visage de Lee s'illumina quand elle aperçut le terrain de golf attenant à l'hôtel et, après mon refus, elle enrôla M. Wen et Tony pour une partie matinale.

— Nous pourrions trouver un court de tennis plus tard, me suggéra-t-elle avec un grand sourire.

— Nous n'avons pas assez de temps, à moins que vous ne vouliez chambouler votre programme. Et je sais pertinemment à quel point vous y tenez.

— Pas d'affrontement, dit Tony, en imitant à merveille l'accent anglais de Sir Frederick. Je dois vous rappeler, Alexandra, que le TO étranger a toujours raison, et peu importe si ses exigences sont insensées.

Lee me jeta un coup d'œil avec un grand sourire. C'était la première marque de conspiration entre nous et je sentis mon visage s'empourprer au souvenir de ce que *moi,* j'avais pu exiger d'elle.

Je ressentis soudain un sentiment de gêne et d'inquiétude. Que pensait-elle réellement de moi ? N'étais-je qu'une femme avec qui passer quelques heures agréables… Ou autre chose ?

Nous dînâmes tranquillement, bavardâmes quelque temps en buvant du café, puis nous convînmes mutuellement qu'il était préférable d'aller nous coucher sans trop tarder.

Lee laissa les deux autres partir devant nous, puis, avec un demi-sourire, chercha mon regard.

— Alex… ?

Il était impossible de se tromper sur ses intentions. Je secouai la tête.

— Non.

Ma voix sembla plate et hostile. Elle me regarda un long moment, puis acquiesça légèrement.

— À demain, alors.

Seule dans ma chambre, je fis les cent pas sur l'épaisse moquette, impatiente, malheureuse, indécise. Pourquoi avais-je dit non à Lee ? Je ne pouvais pas vraiment m'attendre à ce qu'elle me jure une dévotion éternelle sur la base d'une seule nuit passée ensemble…

N'en fais pas tout un drame. Pourquoi ne pas profiter de sa compagnie pendant qu'elle est encore là ?

Elle répondit à la deuxième sonnerie.

— Lee Paynter.

— Puis-je changer d'avis ?

Un rire rauque, réjoui.

— Je vais commander du champagne. Ne tarde pas trop.

Nous étions au même étage, à deux pas à peine dans le couloir, mais je traînai devant sa porte, à nouveau indécise. Je brûlais d'un désir physique que Lee pouvait satisfaire, mais je voulais plus, bien plus que ça. Et elle serait bientôt partie.

Je frappai à la porte énergiquement, résolument.

Lee semblait parfaitement à son aise. Elle me tendit un verre de champagne.

— Qu'est-ce qui t'inquiète, Alex ?

— M'inquiète ?

— Tu n'as pas la bride au cou, si c'est ça le problème… Ce n'est pas mon genre.

— C'est juste pour s'amuser ? suggérai-je.

Elle posa son champagne, se rapprocha, les yeux plus sombres, la respiration plus intense.

— C'est pour s'amuser et bien plus encore..., dit-elle en prenant mon verre.

Sa bouche avait le goût du dentifrice et du champagne. Je mis fin à notre baiser.

— Tu t'es lavé les dents, dis-je, bêtement.

— Pas toi ?

— Si, répondis-je avec un sourire.

— Alors nous sommes à égalité.

Ce soir, je me fis la promesse de savourer nos ébats, de ne pas me laisser engloutir par les exigences pressantes et effrénées de mon corps.

Promesses, promesses. La vague balaya mon ventre, dansa au bout de mes doigts, gronda à mes oreilles.

— Lee, dépêche-toi avant que je craque...

Nous nous déshabillâmes en jetant nos vêtements à travers la pièce. Je l'entraînai sur la moquette moelleuse.

— Femme des cavernes ! souffla-t-elle en riant à demi.

Je fus réveillée d'un bond par le réveil de voyage de Lee. J'ouvris les yeux sur ses cheveux blonds. Elle me tournait le dos et j'étais enroulée avec mes genoux collés derrière les siens, le bras autour de sa taille. Elle remua, tendit le bras et tâtonna pour éteindre le réveil, puis se nicha plus près de moi, en nouant son bras autour du mien de telle sorte que j'étais prise dans son étreinte.

— Lee, laisse-moi partir. Je ne devrais pas être ici. Et tu dois jouer au golf ce matin.

— Les câlins font baisser la tension, murmura-t-elle.

Je tirai doucement pour libérer mon bras prisonnier.

— Si ma tension était plus basse, je crois bien que je serais morte.

— Je peux trouver un moyen de la faire remonter...

— Quelqu'un pourrait passer me voir dans ma chambre.

Elle soupira, exaspérée, et se tourna pour me faire face.

— Et alors quoi, si quelqu'un passe te voir dans ta chambre, Alex ? Si le monde entier frappe à ta putain de porte ? Tu n'y es pas. Et alors ?

Je m'assis dans le lit, croisai les bras sur mes seins nus.

— Écoute, c'est plus facile pour toi…

— Ah oui ?

Son ton me fit froid dans le dos, mais je n'en continuai pas moins à me justifier lamentablement.

— Ma carrière compte et ce que les gens pensent est important pour moi. Je ne peux pas me permettre…

— Que les gens pensent que tu es lesbienne.

Je fus plus à l'aise en détournant les yeux.

— Oui.

Il y eut un long silence. J'entendais sa respiration, lente et mesurée. Finalement, je ne tins plus.

— Tu ne dis rien ? Tu ne me dis pas que j'ai tort ?

— Non. C'est toi qui décides.

Son ton indiquait qu'il n'y avait rien d'autre à ajouter. Je sortis du lit, récupérai mes vêtements et m'habillai aussi rapidement que possible. Je ne voulais pas rester là à supporter ses regrets de me voir si lâche. Un sentiment de découragement durable m'envahit.

S'il y avait une quelconque possibilité que tu puisses un jour m'aimer, Lee, cela mettrait un terme à tout ça. Je ne suis pas aussi courageuse que toi. Je n'ai pas envie de prendre des risques.

Aimer ? Le mot avait un goût amer, brûlant. J'avais eu raison de m'accrocher à mon univers de solitude.

J'hésitai sur le pas de la porte, essayant de trouver quelque chose pour combler le silence entre nous.

— Amuse-toi bien, dis-je, en me sentant ridicule.

Puis je sortis dans le couloir, en refermant doucement la porte derrière moi.

Apparemment, la partie de golf avait remporté un franc succès. Tony et M. Wen avaient l'air extrêmement contents d'eux quand ils me rejoignirent pour un petit déjeuner tardif. Lee, en revanche, ne fut pas très bavarde. La conversation se résuma à l'analyse enthousiaste de leur parcours, ce que les golfeurs semblent apprécier tout particulièrement. Avec une joie un brin masochiste, ils disséquèrent chaque coup raté, chaque balle expédiée par inadvertance dans un point d'eau.

Je les écoutai pendant un moment puis :

— Il doit y avoir quelque chose qui cloche chez moi, dis-je, je n'arrive pas à voir le golf comme vous. Pour moi, cela gâche une bonne promenade.

— C'est parce que tu ne sais pas jouer, dit Tony en pouffant de rire.

— Je vous apprendrai les meilleurs coups, dit Lee. Et vous vous roulerez par terre pour vous joindre à nous.

Je souris pour dissimuler une soudaine tristesse. Je ne connaîtrais pas Lee assez longtemps pour qu'elle m'apprenne le golf, ou pire encore, pour partager son quotidien dans ce qu'il avait de plus ordinaire. Il nous restait peu de temps dans ce qui était pour elle un pays étranger, puis nous nous en irions chacune de notre côté.

Vérifiant l'heure à ma montre, je rappelai à Lee et à M. Wen que nous devions partir sans tarder pour voir le défilé de Standley Chasm, à quelque cinquante kilomètres d'Alice Springs. Tony resterait lui pour régler les détails de notre visite à Ayers Rock. Nous partîmes donc à trois dans une luxueuse voiture de location — Sir Frederick ne reculait devant aucune dépense quand il s'agissait de faire bonne impression — pour une excursion qui s'annonçait tranquille jusqu'à la partie occidentale des monts MacDonnell.

C'était une journée chaude et paisible. J'indiquai les choses intéressantes pendant le trajet à travers cette terre aride : la tombe de John Flynn, le fondateur du célèbre service des Médecins volants ; les gencives de fantômes, avec, en arrière-plan immense la chaîne des monts MacDonnell, que Namatjira, l'un des premiers artistes aborigènes à peindre à l'aquarelle occidentale, avait traduites dans des peintures extraordinaires, éclatantes. Une nuée de perruches vert pomme passa au-dessus de nous comme l'éclair, pendant que je garais la voiture, puis nous marchâmes pendant dix minutes en suivant le lit d'une rivière asséchée, en direction de Standley Chasm.

L'Australie utilise le système métrique, comme le Japon, mais pour Lee, je traduisais les dimensions. De plus, je pense que les mesures en pieds paraissent toujours beaucoup plus impressionnantes qu'en mètres, de même que les Fahrenheit pour les températures. 100° F me semblent bien plus chauds que les 38° C équivalents.

— Le gouffre de Standley fait 5 mètres de large (environ 16 pieds) et 75 mètres de haut (environ 250 pieds).

M. Wen hocha la tête, Lee garda une expression solennelle derrière ses lunettes.

Nous fîmes une halte à l'entrée du défilé. Les dimensions que j'avais données ne signifiaient rien dans l'absolu, mais à présent, elles prenaient tout leur sens dans un superbe spectacle. Le gouffre est si profond et si étroit que le soleil y brille directement seulement pendant dix minutes, juste après midi ; ses côtés rouges se dressent à pic du sol encombré de rochers, la seule végétation se compose d'arbustes tenaces résistant à la sécheresse, qui s'agrippent à des trous et des crevasses dans les murs aux couleurs flamboyantes.

Nous n'étions pas les seuls visiteurs ; plusieurs autres touristes patientaient avec leurs appareils-photo, tous prêts pour l'illumination quotidienne de l'endroit. Je lançai un coup d'œil à mes compagnons. M. Wen attendait calmement, en ayant préparé son appareil-photo. Lee se tenait à son aise, les mains dans les poches de son short en jean, la tête renversée à l'arrière pour contempler la bande bleu foncé du ciel dépourvue de nuage.

J'imaginai la terre qui tournait inexorablement, le

soleil prêt à inonder de lumière l'étroit défilé. Soudain, quand la terre et le soleil furent synchronisés, les murs étincelèrent de teintes rouges, ocres et dorées chatoyantes, comme s'ils étaient pris dans un faisceau de lampe incandescent.

— Magnifique, magnifique, murmura M. Wen, prenant photo sur photo.

Lee ne dit rien, sourit seulement devant l'éclat de la roche. Je sentis mon cœur se retourner.

Je pourrais si facilement tomber amoureuse de toi...

Je passai l'après-midi à Alice Springs, à conduire Lee et M. Wen vers différents sites touristiques, et dans une galerie d'art aborigène où l'on pouvait admirer les superbes couleurs de la terre, les dessins complexes et la vision typique qui présentait des animaux sous une forme stylisée dite « aux rayons X ».

À chaque endroit que nous visitâmes, M. Wen prit des dizaines de photos et Lee posa des dizaines de questions. Nous finîmes la journée par une excursion au coucher du soleil jusqu'au sommet de la colline Anzac pour voir la lumière tombante rendre le rouge vermillon des monts MacDonnell fluorescents.

L'attitude de Lee à mon égard semblait exactement la même qu'auparavant, mais je ne parvenais pas à oublier la conversation futile que nous avions eue le matin. Après dîner, je déclarai que j'étais fatiguée, évitai son regard et montai dans ma chambre. J'étais bel et bien fatiguée, mais je voulais aussi me préparer à d'éventuelles discussions. Comment pourrais-je expliquer à quelqu'un comme Lee pourquoi je devais absolument rester dans le placard alors qu'il était si aisé pour elle d'être ouvertement lesbienne ?

Il était temps de réfléchir à la tournure des événements. Je commandai du café au service d'étage, m'assis à la table près de la fenêtre et contemplai les phares des voitures qui se pressaient vers leurs destinations pendant

— Je ne peux pas t'aimer comme tu veux être aimée, affirma-t-elle, d'une voix ferme, détachée. Je ne peux pas.

Il y eut un long, long silence. Puis Lee finit par dire :

— Au moins, ne pouvons-nous pas…

— Rester amies ? Tu ne vas pas me demander ça ?

Dans la faible lumière, je vis son sourire hésitant, malheureux.

— Eh bien si, je voulais le faire…

— Ce n'est pas envisageable.

Je me détournai d'elle, commençai à rassembler mes affaires.

— À quelle heure est ton vol ? Je te conduirai à l'aéroport.

— Alex, ce n'est pas la peine.

Je m'arrêtai et la regardai.

— Si. C'est comme des funérailles. On a besoin d'aller jusqu'au bout des derniers adieux.

J'étais rentrée chez moi, et n'avais même pas essayé de prendre un peu de sommeil, puis je m'étais douchée et habillée. Comme j'allais au bureau après avoir conduit Lee à l'aéroport, je choisis une robe sombre classique, en pensant sardoniquement que du noir serait peut-être plus approprié.

Je savais que le douloureux sentiment de perte finirait par s'insinuer au cœur de ma fatigue, mais pour l'heure, je rendais grâce à cette fatigue. Le vol de Lee partait peu après midi, et c'est ainsi qu'au milieu de la matinée, je fus de retour au *Regent*.

Je me dirigeai vers Lee qui attendait à côté de ses bagages, en pensant amèrement que, de toute évidence, elle avait voulu éviter de me rencontrer dans l'intimité de sa chambre. Nous nous regardâmes en silence. Que pouvions-nous nous dire de plus ?

Assez ironiquement, le trajet jusqu'à l'aéroport nous

conduisit le long du boulevard de la Croix du Sud. Loin, dans le désert, j'avais fait un vœu sur la Croix du Sud, mais mon vœu ne s'était décidément pas réalisé.

Lee se tordait les doigts. Je ne l'avais jamais vu montrer des signes de nervosité ou de tension avant — peut-être se sentait-elle aussi misérable que moi.

— Alex, ça n'aurait jamais pu marcher, dit-elle abruptement. Je veux dire, tu as ta carrière ici en Australie, et mon travail est basé aux États-Unis.

— Et moi je suis dans le tourisme international. On aurait pu trouver quelque chose.

— Tu quitterais l'Australie ?

— Je pourrais toujours y revenir... et pour toi, Lee, j'irais n'importe où.

Elle baissa la tête.

— Je suis désolée.

Je sentis monter une vive colère.

— Dans le passé, est-ce que d'autres femmes ne sont pas tombées amoureuses de toi ? Et leur dire d'aller se faire voir, c'est juste une question d'habitude ?

— Je fais en sorte que les règles soient très claires, dit-elle, les lèvres pincées. Et je m'en vais quand je sens que ça devient trop sérieux d'un côté ou de l'autre.

— C'est pour ça que tu t'en vas aujourd'hui ? Tu as fabriqué une crise afin de pouvoir te sortir de cette situation délicate ?

Elle se tourna vers moi, apparemment piquée au vif.

— Je n'ai rien fabriqué, dit-elle catégorique. Je voulais rester plus longtemps et j'ai été désolée d'apprendre que ce n'était pas possible. J'aime beaucoup être avec toi.

— Pas assez, il me semble.

— Alex, si je pouvais te donner l'amour que tu recherches, je le ferais.

J'avais l'impression d'être une gosse à qui l'on refuse un cadeau qu'elle espère depuis longtemps.

— Pourquoi ne le peux-tu pas ?

Elle était contrariée. Sa voix fut parcourue d'un tremblement.

— Alex, si je devais aimer quelqu'un de cette façon, ce serait toi. Mais c'est impossible. Je ne peux pas, et je ne prendrai aucun engagement avec toi ou quiconque.

Je commençais à sentir un mal de tête lancinant, douloureux.

— Tout ceci ne sert à rien, dis-je.

Elle avait repris le contrôle d'elle-même.

— Oui, en effet. Je ne peux pas changer qui je suis.

L'aéroport bondé était un kaléidoscope d'images : des gens en larmes qui se séparaient ; des groupes bruyants disant au revoir à des amis que l'on enviait ; des hommes ou femmes d'affaires plus sobres ; des vacanciers en Technicolor, parés pour leurs destinations. Et les gens étaient heureux, malheureux, ennuyés, excités, impatients, confus.

Mon travail impliquait une certaine habitude des aéroports et du terminal animé de Sydney en particulier. Jusqu'à présent, son bruit, sa foule et même l'incroyable quantité de bagages que les gens sont prêts à trimballer avec eux, tout cela m'avait laissée pour le moins indifférente. Aujourd'hui, tout m'était insupportable.

Lee enregistra ses valises, paya la taxe de départ, et, à court de choses pour s'occuper, se tint à mes côtés à la douane devant l'entrée des passagers.

— Alex, je ne veux pas perdre contact avec toi.

— J'imagine que nous communiquerons de temps en temps par l'APP.

— Ce n'était pas ce que je voulais dire…

— C'est tout ce que tu auras, rétorquai-je, avec force. Puis, plus modestement :

— Je n'essaie pas d'être dure, c'est juste trop difficile à supporter, c'est tout.

Elle me regarda fixement avec ces yeux gris que j'aimais. J'effleurai sa joue du bout des doigts, puis me penchai pour l'embrasser légèrement sur la bouche. Nous n'échangeâmes pas un mot de plus. Elle se tourna et s'éloigna.

13

J'étais venue dans le bureau de Tony pour lui donner des papiers. Il me demanda de fermer la porte.

— Je vais le lui dire aujourd'hui, fit-il, d'une voix ferme.

Après le congrès, nous avions eu un mois chargé à l'APP — à régler des détails pour des clients étrangers, à négocier sur des litiges qui n'avaient pas manqué d'apparaître dans certains contrats, à assurer la liaison entre les entreprises australiennes et leurs homologues étrangères. Pendant presque toute cette période, Steve s'était trouvé au Japon, pour travailler sur un projet qui devait associer des hommes d'affaires influents à de célèbres golfeurs australiens sur un circuit autour de nos parcours les plus prestigieux. Avant que Steve ne quitte l'Australie, Tony lui avait dit qu'il n'avait pas l'intention de soutenir sa promotion.

C'était vendredi. Steve devait rentrer lundi.

— Je ferais mieux de donner le week-end à Sir Frederick pour absorber le choc, ajouta Tony, d'un ton moqueur. Comme ça si Steve décide de moucharder, ce sera de l'histoire ancienne.

Je tentai de me rassurer en même temps que Tony.

— Peut-être que tu n'as pas besoin d'aller jusque-là.

Après tout, nous ne sommes pas vraiment sûrs que Steve dise quoi que ce soit.

Il haussa les épaules :

— Je vais le dire à Sir Frederick de toute façon, parce que si ce n'est pas Steve, ça sera quelqu'un d'autre.

Un mélange d'anxiété et de colère rendit ma voix plus forte que prévue.

— Je te soutiens sur ce coup-là. Tu ne dois pas l'affronter seul. Si tu as besoin de moi, je serai là.

Il se pencha pour me toucher la main.

— Alex, merci, mais il n'est pas nécessaire que tu sois entraînée dans cette histoire.

Je pensai à Zoé, que j'avais laissée seule face à l'orage.

— Je suis concernée. C'est aussi mon problème, rappelle-toi.

— Il n'y a pas de raison pour que l'on parle de toi.

J'aurais tellement voulu lui dire que j'allais l'accompagner, annoncer à Sir Frederick que j'étais lesbienne, sortir du placard, et puis au diable les conséquences… mais je ne pouvais pas.

Il se frotta les yeux avec le dos de la main.

— Je vais peut-être sortir du placard et entrer à l'ANPE, dit-il d'un air résigné.

Mon ressentiment et ma colère face à cette injustice montèrent d'un cran.

— Tu as la loi de ton côté, Tony, à la fois celle de 'État et celle du Commonwealth. Tu sais que tu ne peux pas subir de discrimination sur la base de tes préférences sexuelles.

Il sourit amèrement :

— C'est vrai. Je ne crois pas que Sir Frederick aimerait me voir approcher la Commission pour les droits de l'Homme et pour l'égalité professionnelle. Ce genre de publicité lui serait fatal.

Son sourire s'évanouit.

— Si un problème doit survenir, ce sera plus subtil que ça.

Un coup sec à la porte et Jackie Luff entra dans le bureau d'un pas vif et autoritaire.

— Tony, voici des demandes urgentes du Japon.

Puis, se tournant vers moi :

— Et il y a un autre fax de Lee Paynter pour vous.

Le nom de Lee faisait toujours battre mon cœur, mais je savais que toute communication ne serait que professionnelle. Ces dernières semaines, j'avais recherché des informations pour son agence, et nous avions échangé des fax régulièrement, tous scrupuleusement dans le cadre de notre travail.

J'aurais aimé pouvoir demander à Sir Frederick de confier à quelqu'un d'autre la collaboration avec l'agence de Lee, mais je ne trouvai aucune excuse capable de l'en persuader. Il était, en outre, convaincu que mes relations de travail avec elle étaient excellentes.

Je retournai dans mon bureau, regardai la pile de papiers encombrants mon casier de courriers à traiter, jetai un œil sur le fax que Jackie m'avait donné... et pensai à Lee. Elle emplissait mes rêves, elle affectait ma vie de diverses façons. Même quand je la repoussais de mon esprit, il me suffisait d'entendre un accent américain comme le sien, de voir une femme avec des cheveux blonds aux reflets fauves, de remarquer une certaine façon de marcher, ou de tourner la tête — et elle revenait au premier plan.

Sans elle, ma vie n'avait pas de saveur. Je me rappelais qu'avant de la rencontrer, j'étais satisfaite de mon sort, mais il était devenu évident pour moi que je ne pourrais plus reprendre complètement cette existence stérile.

Je n'aurais jamais cru pouvoir souffrir autant, et dans mon désespoir, je me tournai vers mes amis, soudain consciente qu'ils étaient peu nombreux. J'allai dîner avec Tony et son compagnon Paul, et me réjouissais de la perspective différente que j'avais ainsi sur sa vie. J'allai au cinéma avec Sharon, et fus tentée de lui avouer ma liaison avec Lee ; mais ne le fis pas. Je voyais principalement mes amies Trish et Suzie, et je découvris que je pouvais leur parler de Lee, mais sans rentrer dans les détails.

— Pourquoi n'avons-nous pas été présentées à cette femme ? avait demandé Suzie avec une certaine indignation.

— Ce n'était pas le moment. Et en plus, tu es trop belle.

Suzie avait la qualité de toujours croire aux compliments, ce qui la rendait attachante. Elle hocha la tête, convaincue par mon excuse.

Je voulais Lee constamment, où que je sois, quoi que je fasse. Parfois, j'imaginais qu'elle devait savoir ce que je ressentais et que la force de mes émotions pouvait transcender le temps et l'espace. La plupart de mon temps, cependant, je le passais à endurer mon chagrin.

Bien sûr, j'avais mon travail pour remplir mon emploi du temps. J'avais dû effectuer plusieurs voyages en dehors de l'État, nous avions de gros soucis avec une agence d'Australie-Occidentale et nous avions fait installer un nouveau système informatique au bureau. Quand j'avais fini de régler tous ces problèmes, je regagnais ma maison vide, mais j'étais trop fatiguée pour faire autre chose que manger, regarder la télévision sans réelle conviction, me doucher et aller me coucher.

Lee m'avait sans doute beaucoup apporté, mais surtout, elle m'avait changée. J'aurais voulu pouvoir lui dire quel excellent modèle elle avait été pour moi. Son acceptation de soi, son ouverture sur son identité sexuelle, la liberté dont elle jouissait sans la crainte d'être dénoncée — tout ça me montrait à quel point mon existence était étriquée et fermée. Et en avoir conscience, faisait naître chez moi le désir grandissant d'être aussi libre qu'elle.

Tony avait pris rendez-vous avec Sir Frederick tard dans l'après-midi de ce vendredi. Je lui serrai la main nerveusement avant qu'il ne s'y rende.

— Crie si tu as besoin de moi.

Tendue, incapable de me concentrer sur autre chose, je n'arrêtais pas de regarder la porte du bureau, à attendre des éclats de voix. Quand, après une demi-heure, Tony revint, son visage était pâle.

Je pris une grande respiration.

— Que s'est-il passé ?

— Qu'est-ce que je peux dire ? Sir Frederick n'était pas ravi... mais encore une fois, il n'a pas non plus reculé d'effroi. Franchement, il m'a semblé que je l'avais vaguement déçu.

— Et pour Steve ?

Tony serra les lèvres.

— Il a écouté mon histoire, mais il ne m'a pas cru. Il m'a dit que je devais faire erreur, que j'avais mal interprété une plaisanterie de Steve...

J'enrageai. Je ne pris pas la peine de réfléchir.

— Viens, on y retourne !

Ma fureur devait être évidente. Sir Frederick se leva à moitié de son fauteuil.

— Alexandra ?

— Vous ne croyez pas ce que Tony vous a dit sur Steve ?

Sir Frederick se rassit dans son siège, le visage marqué par l'irritation.

— Je ne vois pas en quoi cela vous concerne, Alexandra. Cela semble être un malentendu entre Tony et Steve.

— Un malentendu ? dis-je pleine de rage. Vous pensez que tenter de faire chanter Tony en le menaçant de révéler à tout le monde qu'il est homosexuel est un *malentendu* ?

Sir Frederick rougit de colère.

— Laissez cela. J'ai eu mon compte pour aujourd'hui.

— Alex... fit Tony.

Je l'ignorai. Armée de ma fureur, je plantai mes yeux dans ceux de Sir Frederick.

— On ne se trompe pas sur ce genre de menace si l'on

cache le fait que l'on est homosexuel. Je suis bien placée pour le savoir.

Son menton se leva.

— Bien placée ?

Je fus parcourue d'un sentiment de liberté vertigineux.

— Oui, j'ai connu ça. Et je n'ai pas eu le courage de Tony. Je n'ai pas dit la vérité à mon sujet.

Sir Frederick détourna le regard.

— Je vois.

— Je ne crois pas. Pouvez-vous imaginer ce que c'est de vivre dans un monde auquel vous devez faire semblant d'appartenir ? Et quand quelqu'un comme Steve découvre votre secret, de quelle arme il dispose contre vous... tant que vous le laissez faire.

Sir Frederick avait un air las qui ne lui ressemblait pas. Sa posture rigide et légendaire était un peu fléchie, et même sa moustache blanche hérissée semblait s'avachir.

— Je vois, répéta-t-il.

Puis me regardant à nouveau, il eut un léger sourire ironique.

— Ceci explique beaucoup de choses...

L'étonnement fit place à la colère. Je compris, amusée, qu'il faisait référence à mon manque d'enthousiasme pour sa cour distinguée.

Ce fut mon tour d'être lasse. Glissant mon bras sous celui de Tony, je pris congé de Sir Frederick.

Il était tard. Tout le monde était parti quand nous sortîmes du bureau de Sir Frederick.

— Alex, tu n'avais pas besoin de faire ça... mais merci.

Je pris Tony par la taille. Je le serrai dans mes bras.

— Comment te sens-tu ?

— Tu ne me croiras pas, mais je me sens super bien. Non, plus que bien, exalté, parce que je suis libre.

Il me saisit les mains.

— Tout le monde va savoir pour moi, mais Sir Frederick se taira à ton sujet si tu le lui demandes. Tu n'as pas besoin de faire une déclaration en mon nom.

— Vanité typiquement masculine, dis-je. Si je fais une déclaration, ce sera pour moi. Pas pour toi.

14

Dans les semaines qui suivirent l'aveu de Tony, certaines choses changèrent. Par exemple, Sir Frederick le traitait désormais avec réserve, montrant un soin particulier à ne pas le toucher, alors qu'auparavant il lui tapait souvent sur l'épaule. Et il y eut quelques railleries, mais aucune de la part de Steve à qui, apparemment, Sir Frederick avait parlé. Certains étaient embarrassés ou distants, mais, dans l'ensemble, Tony semblait avoir affronté le pire.

Pour ce qui me concernait, tout était plus discret. Je ne recherchais pas la confrontation, mais j'avais décidé d'être honnête si on me posait une question directe. Personne ne le fit, même si de temps à autre, je surpris Steve à me regarder d'un air perplexe. Il y eut aussi quelques moments de gêne quand j'interrompais par mégarde des conversations à mi-voix dont le sujet était, sans aucun doute, Tony ou moi.

Et il restait le problème de mes parents.

— Est-ce que tu vas leur dire ? demanda Tony.

— Tôt ou tard. De préférence tard.

Il eut un sourire amical.

— Ils feront face. Et si ce n'est pas le cas, ils finiront par s'y faire, je te le garantis.

Je pensai au rigorisme de ma mère, à l'hypocrisie de mon père et une poussée de colère conforta ma décision :

— En fait, fis-je, caustique, je pensais leur dire quand je descendrais à Canberra pour Noël. Cela sera mon cadeau...

Un jour après le travail, j'allai boire un verre avec Sharon dans un café bondé. Elle retrouvait son mari pour dîner et avait une heure à perdre. Nous regardions les gens qui se dépêchaient de rentrer chez eux et puisque je n'avais, moi, aucune raison de me précipiter chez moi où personne ne m'attendait, j'étais heureuse de lui tenir compagnie.

Nous bavardâmes de choses et d'autres, puis Sharon aborda le sujet de l'homosexualité de Tony. Son soutien était si chaleureux et son mépris face à la réaction de certains collègues était si marqué que je décidai de parler.

— Sharon, je suppose que tu as appris que j'étais homo, aussi ?

Elle me fit un grand sourire.

— Ça a dû donner dans le bureau de Sir Frederick.

— Ah ça oui !

Je jouais avec ma cuillère.

— Je suppose qu'il a dû y avoir pas mal de ragots...

— Oui c'est certain, mais ils finiront par disparaître.

— Tu penses qu'être sorti du placard peut avoir des effets sur la carrière de Tony, et sur la mienne ?

Elle passa les doigts dans la masse de ses cheveux roux.

— C'est possible, et même probable. Il y aura toujours des gens à qui ceux qui sont différents posent problème, mais si tu veux mon avis, je pense que vous avez bien fait. Quand la vérité sort au grand jour, personne ne peut lancer de rumeur, ou vous dénigrer auprès du patron.

— Tu es au courant pour Steve ?

— Cette espèce de salaud ? fit-elle, méprisante. Il

glisse entre les doigts comme une anguille mais cette fois-ci, il a fait une grosse erreur de calcul. Sir Frederick a dû le mettre en pièces.

— Il survivra.

Sharon approuva d'un signe de tête.

— Bien sûr qu'il survivra. Ce genre de type survit toujours. Mais cela fait plaisir de voir que ça a fini par lui éclater à la figure.

Le lendemain était clair et ensoleillé. Je m'éloignai de mon bureau pour aller me planter devant la fenêtre et contempler les Jardins Botaniques Royaux, comme si le vert clair de la végétation pouvait apaiser mes sombres pensées. La première chose que Sir Frederick m'avait dite ce matin était que ni Steve ni moi n'aurions le poste sur l'Asie. C'est un outsider qui l'avait obtenu. Je m'étais choisi un but dans ma vie, un but dans lequel j'avais mis tous mes espoirs : ce poste était devenu mon unique centre d'intérêt.

Jackie Luff interrompit mes pensées.

— Sir Frederick veut vous voir, Alex.

Comme je tardai à répondre, elle ajouta, l'air important :

— Tout de suite.

Depuis la scène dans son bureau il y avait une pointe d'embarras dans les manières de Sir Frederick à mon égard. Il me fit signe de m'asseoir.

— Je viens d'avoir un appel de Lee Paynter. Elle prend l'avion pour Sydney la semaine prochaine. Comme vous le savez, le premier circuit australien de son agence commence à la fin du mois. Je ne comprends pas pourquoi elle trouve nécessaire de revenir ici. Y a-t-il un problème dont je ne serais pas informé ?

— Non. Tout marche comme sur des roulettes. A-t-elle donné une raison ?

— Elle a dit qu'elle voulait superviser le circuit, mais

ce n'est pas crédible. Elle pourrait envoyer un assistant pour le faire. J'ai peur qu'il y *ait* un souci et qu'elle ne m'en dise rien. J'aimerais donc que vous annuliez vos rendez-vous et que vous soyez disponible pendant toute la période où elle sera là.

J'étais sous le choc.

— Je suis censée m'envoler pour Perth...

— Quelqu'un d'autre peut y aller. Ceci est plus important. J'ai demandé à Jackie de lui réserver une chambre au *Regent* (elle a insisté pour avoir le même hôtel) et j'aimerais que vous alliez la chercher à l'aéroport. Jackie vous donnera les détails du vol.

J'aurais aimé me réjouir à l'idée de la revoir, mais je m'étais battue pour atteindre un équilibre fragile et j'avais peur qu'elle le détruise. J'avais peur aussi d'être, après son départ, encore plus mal en point qu'avant.

Sir Frederick m'avait observée.

— Il y a un problème ? demanda-t-il.

— Absolument aucun, dis-je.

Le vol de Lee arrivait le vendredi matin. Je dormis à peine, et j'étais en avance à l'aéroport. Je la vis avant qu'elle ne me voie. Le temps se télescopa : rien n'avait changé. Elle avançait d'un pas toujours aussi pressé et assuré ; je l'aimais avec la même intensité.

Dans mon imagination, j'avais répété cette rencontre une centaine de fois et j'avais très bien appris mon rôle. J'allais me protéger, prendre exemple sur elle, me laisser guider par ses réactions.

Elle me salua d'un sourire, mais nous ne nous touchâmes pas. En regagnant le parking, je lui posai des questions banales sur son voyage ; ses réponses furent dans la même veine. C'était comme si nous avions décidé, d'un commun accord, de nous traiter avec une cordialité professionnelle sans faire référence à des sujets plus personnels.

Nous poursuivîmes cette conversation légère jusqu'au

Regent. J'avais pleinement conscience de sa présence à mes côtés et je dus me forcer pour me concentrer sur la circulation. J'étais sure cependant qu'elle n'avait aucune idée de ce que je ressentais.

La scène a perdu une grande actrice, Alex, le jour où tu as décidé de te lancer dans le tourisme.

Mon cynisme était une sorte de protection, mais cela ne marchait guère. Pourquoi ne pouvais-je pas dire, l'air dégagé : « Tu es revenue parce que tu as compris que tu ne pouvais pas vivre sans moi, finalement ? »

C'était impensable. Rien n'indiquait un quelconque changement et Lee était probablement là en raison de projets tenus secrets qui ne me concernaient en rien.

— Tony m'a dit au sujet du coup d'éclat dans le bureau de Sir Frederick, fit-elle, à notre arrivée à l'hôtel.

Je lui jetai un regard cinglant.

— Ah oui ?

Son sourire fut amical, compréhensif.

— Vu ce que tu m'avais dit avant, je me rends compte que c'était un grand pas pour toi.

— C'était quelque chose que je devais faire, et je m'en porte très bien.

Elle hocha la tête. Je voulais ajouter quelque chose, lui dire que je comprenais à présent ce sentiment de liberté dont elle avait parlé pour elle-même, mais elle changea de sujet.

— Je vais me rafraîchir et me rendre au bureau de l'APP. J'ai un rendez-vous avec Sir Frederick puis j'aimerais bien te voir pour discuter des circuits nature en Tasmanie dont tu m'as faxé les détails.

Je regardais ses mains en essayant de ne pas penser à ce qu'elles m'avaient fait. Je hochai la tête distraitement.

— Alex, j'aimerais te demander un service.

Cette phrase retint toute mon attention.

— Bien sûr.

— Franchement, j'ai besoin d'une pause. Demain, c'est samedi et je me demandais s'il nous serait possible de faire quelque chose, peut-être une croisière sur le port…

— J'ai des amies qui ont un yacht. Trish et Suzie. Elles m'ont déjà demandé de faire de la voile demain avec elles. Je dois les rappeler ce soir pour leur donner une réponse. Voudrais-tu te joindre à nous ?

— Oui, répondit Lee, comme toujours décidée.

Le temps était radieux quand je pris Lee devant son hôtel, samedi matin. Le port étincelait d'un bleu de carte postale, le ciel était dégagé avec seulement quelques filets de nuages d'altitude, l'air était chaud, mais une brise le rendait un peu vif.

Nous bavardâmes, rîmes, échangeâmes des propos anodins pendant le trajet sur le splendide pont métallique de Sydney Harbour en direction de Mosman. Le voilier de Trish et Suzie mouillait à Balmoral Beach, et nous devions les retrouver au hangar à bateaux à 10 heures.

Je profitai d'un moment de silence, que ni l'une ni l'autre ne cherchions à combler, pour lui jeter un rapide coup d'œil. Elle portait un jean, un T-shirt blanc et des chaussures de toile noire. Je connaissais par cœur les lignes fermes de son visage et je me souvenais nettement de la texture de ses cheveux blonds, de l'ossature de son dos, des muscles tendus sous la peau douce.

Je ne peux pas le supporter…

C'était comme si nous n'avions jamais fait l'amour, jamais connu les secrets intimes du corps de l'autre.

Elle me traitait comme une amie proche, et je n'osai pas l'interroger sur la profondeur de ses sentiments à présent : je risquais trop de souffrir. Je pouvais faire face aussi longtemps que je continuais à jouer mon rôle. Je savais exactement quoi faire — j'avais passé ma vie à m'entraîner — : les actes et les réactions de Lee déterminaient mon script. Tout ce que j'avais à faire était de lui donner la réplique. C'était simple, sûr et garantissait de rendre la vie plus facile aux personnes concernées.

Quand nous arrivâmes à la pointe sud de Balmoral Beach, j'avais des réserves sur la météo. Trish et Suzie attendaient près de leur break avec, à leurs pieds, un énorme monticule d'articles indispensables à la voile — essentiellement de la nourriture et des boissons.

Je leur souris avec affection. Trish a un doux accent canadien et des cheveux blanc argenté. Sa bonne humeur, son effronterie et sa curiosité inconsciente la poussent souvent à poser à des gens qu'elle connaît peu des questions étonnamment personnelles auxquelles, pour une raison ou pour une autre, la plupart d'entre eux répondent volontiers.

Suzie est plus réservée, au moins au premier rendez-vous. Elle me fait penser à un chat de race au poil soyeux, mince, en retrait et pensif.

Leurs réactions envers Lee m'amusèrent. Trish, qui ne pouvait s'empêcher d'être sociable, l'accueillit avec l'enthousiasme d'un présentateur de jeu télévisé. Suzie leva un sourcil interrogateur, me jeta un regard d'approbation, et lança à Lee un « Salut ! » chaleureux.

Les présentations finies, je saisis l'occasion de faire entendre mon inquiétude au sujet du temps.

— On dirait que ça pourrait se corser...

— Tu es une vraie poule mouillée, Alex ! rétorqua Suzie.

Trish, plus positive, m'assura que c'était une journée parfaite pour la voile. Je sentis la forte brise sur mon visage, observai l'écume sur les vagues, et eus des doutes. Il me manque peut-être le gène marin. Je me plais à nager dans l'océan, à admirer ses aspects pittoresques, à survoler sa vaste étendue, mais je n'apprécie pas d'y voguer quand l'eau semble vouloir faire les quatre cents coups.

De toute évidence, Lee ne partageait pas mes réserves. Elle parcourut à pas feutrés le ponton affaissé qui menait à une jetée délabrée, puis sauta promptement dans le canot en métal cabossé qui devait nous conduire au mouillage du *Water Nymph*. J'étais beaucoup plus hésitante car le mouvement de la mer faisait tanguer le bateau de façon alarmante.

— Oh, allez ! dit Suzie, qui ne montrait jamais de patience avec les plaisanciers en herbe.

Je connaissais bien mon amie.

— Ne me pousse pas, Suzie. Si tu me pousses, je rentre à la maison.

Lee tendit la main, Suzie suivit au plus près ma préparation et, sans surprise, me donna une ferme poussée au moment approprié. Trish nous ignora et continua à donner des vivres au garçon qui semblait bien trop jeune pour être responsable de nos vies. Il se tenait les pieds écartés, et, quand le bateau fut assez près, il agrippa d'une main la poignée du hors-bord tout en attrapant chaque article en provenance de Trish. J'admirai son équilibre et son sens de la synchronisation. Lui, en revanche, ne s'était pas gêné pour me montrer son mépris envers *mes* compétences maritimes.

Le *Water Nymph* est, dans des mers plus calmes, un beau petit voilier. Il peut coucher jusqu'à six personnes, et possède une cuisine intégrée ainsi qu'un coin repas. Il est blanc, rutilant et pépère, et s'asseoir à la poupe est un régal — on ne m'autorise jamais à donner un coup de main avec les voiles — quand nous glissons sur l'eau. Mais lorsqu'il fait « un beau temps pour la voile », selon les termes de mes amies, le bateau semble vouloir vivre une vie téméraire, roublarde, et, quand il gîte sous le vent, j'ai souvent le sentiment inconfortable qu'il pourrait bien me jeter par-dessus bord à la moindre occasion.

Je savais que mes craintes attribuaient à ce voilier une personnalité à part entière, mais néanmoins, ce matin-là, quand nous sortîmes de la zone de mouillage et que les voiles furent levées, je crus détecter un mouvement têtu et audacieux de la part du *Water Nymph*.

Trish et Suzie avaient essayé de m'apprendre le jargon précis de la voile mais à part quelques termes comme bâbord, tribord, proue et poupe, mon manque d'intérêt se voyait quand je faisais référence à « cette corde-là », au lieu des traditionnelles « drisse » ou « écoute ». Lee, pour sa part, semblait en terrain connu ; quand il s'agit de tirer des bordées, elle s'occupa des voiles avec Suzie, criant des mots ésotériques en suivant les ordres péremptoires de Trish au gouvernail. Comme d'habitude, je baissai ma casquette pour me protéger les yeux et fis en sorte de rester en dehors de leurs pattes.

Il me fallait reconnaître que filer au vent était exaltant, et le port de Sydney, éblouissant, se montrait sous son meilleur jour. Nous évitâmes — de justesse d'après moi — d'être renversées par le Jetcat qui reliait Manly et nous fîmes route jusqu'à un mouillage abrité, non loin de Forty Baskets Beach pour y déjeuner.

Trish et Suzie avaient fait du déjeuner nautique un art, et aujourd'hui, sans nul doute en l'honneur de Lee, elles s'étaient surpassées. Nous eûmes tout le loisir de nous prélasser au soleil, siroter du vin, beurrer du pain croustillant et choisir des choses dans une flopée de petits récipients — des tranches d'avocats, des cœurs d'artichauts, du pâté, des roulés de feuilles de vignes, des crevettes, des morceaux de fromages, des tranches de prosciutto...

Notre conversation était légère, pleine de rires. Trish avait une réserve d'anecdotes hilarantes en rapport avec son métier d'enseignante, Suzie un stock similaire sur le management. Lee paraissait heureuse de se détendre et d'être divertie. Une fois, je tournai la tête et la surpris qui me regardait d'un air pensif, mais quand je levai les sourcils, elle m'adressa seulement un sourire.

Toute la journée, elle avait été chaleureuse avec moi, attentive comme une amie proche. Il n'y avait rien de plus.

C'est peut-être ce que tu pourras avoir de mieux...

En écoutant le rire rauque de Lee, j'essayai de ne pas penser au passé, ni à l'avenir.

Dans l'après-midi, nous prîmes la route du retour. Pour un marin d'eau douce comme moi, faire de la voile semblait se résumer à des branle-bas de combat, surtout en revenant au mouillage. Dans ces moments-là, j'étais toujours cantonnée au cockpit, où j'essayais de ne pas être dans les jambes de Trish à la barre derrière moi, ou de Suzie, qui s'agitait sur le toit de la cabine pour redescendre les voiles, puis se ruait vers l'avant avec une gaffe pour attraper la bouée de mouillage quand le voilier passait à côté.

Aujourd'hui, tout se déroulait sans anicroche. Trish avait démarré le moteur, avait enclenché une vitesse et manœuvrait avec talent entre les navires amarrés, en direction de la bouée jaune marquant leur ancrage. Suzie et Lee avaient descendu la grand-voile et l'enroulaient au-dessus de la bôme.

L'accident survint à cause d'une pièce d'accastillage insignifiante — un petit mécanisme doté d'un levier pour bloquer une rangée de dents en métal. Plus précisément, cela s'appelle un taquet coinceur car c'est exactement ce qu'il fait.

J'étais debout dans le cockpit à apprécier l'agitation autour de moi quand soudain la douleur éclata dans ma tête, une lumière blanche fulgurante qui précéda l'obscurité. Puis, même si je ne voyais plus rien ou ne sentais plus rien, j'entendis, confusément, faiblement, des voix qui semblaient venir de très loin. L'une d'elles prononça mon nom.

— Alex !

Il y eut un gémissement près de moi. Quand je me rendis compte qu'il s'agissait de ma voix, ma tête fut submergée de vagues de douleur lancinante.

Je pris peu à peu conscience d'autres facteurs : mon visage pressé contre quelque chose de doux, ma hanche sur un sol dur, des bras qui me tenaient fermement.

— Alex chérie.

Mes yeux étaient plissés sous la douleur, mais ce qui m'importait le plus était de savoir qui me tenait, qui disait mon nom. C'était le cœur de Lee qui battait la chamade contre ma joue, les bras de Lee qui m'enserraient.

Je tentai d'ouvrir les yeux, réussis à filtrer une pointe de lumière trop vive jusqu'à mon cerveau, et les refermai.

La voix de Lee était un doux murmure contre ma joue.

— Alex, je sais que tu es consciente. Ouvre les yeux.

Je mis la main sur ma tête douloureuse, m'attendant à trouver du sang chaud, mais il n'y avait rien que mes cheveux. J'étais sur le sol du cockpit, ainsi que Lee. Elle me tenait contre elle, la tête baissée vers moi, si bien que je sentais son souffle sur mon visage.

— Je suis désolée de t'avoir blessée.

— Qu'est-ce qui s'est passé ?

— La bôme est tombée sur toi, dit Suzie obligeamment.

Les bras de Lee me serrèrent un peu plus.

— Alex, c'était de ma faute.

Je me blottis plus profondément contre ses seins.

— Délibérément ? Tu voulais me tuer ?

— Si elle blague, c'est qu'elle va bien, déclara Trish, soulagée.

Suzie, qui a une passion pour les détails, m'expliqua ce qu'il s'était passé pendant que nous attendions le bateau qui devait nous récupérer au point d'amarrage.

— Tu te tenais dans le cockpit directement sous la bôme qui soutient le bas de la grand-voile. Quand Lee et moi avons descendu la voile et avons commencé de la replier le long de la bôme, Lee a accidentellement donné un coup de pied dans le taquet coinceur qui maintenait le niveau supérieur. Une fois cette pièce desserrée, la bôme est tombée comme une brique sur le sommet de ton crâne. Simple comme bonjour.

Lee avait toujours le bras autour de moi, et quand nous atteignîmes l'embarcadère, elle dit :

— Je t'emmène chez un médecin.

— Je vais bien. J'ai juste mal à la tête.

— Vous connaissez sans doute le centre médical le plus proche, demanda-t-elle à Trish et Suzie. Je vais vous suivre avec la voiture d'Alex.

Je me laissai installer sur le siège passager de ma propre voiture, mais quand Lee se mit derrière le volant, je protestai vivement.

— Lee, nous conduisons de l'autre côté de la route par rapport à vous.

— Je vais faire attention. En plus, c'est une urgence. Tu pourrais décider de me poursuivre en justice.

Sourire me donnait encore plus mal à la tête. Je fermai les yeux.

— Je t'attaque en justice, Lee, seulement si tu endommages ma voiture.

Le docteur, une jeune femme asiatique aux mains douces, m'avait auscultée et laissée couchée dans le box, pendant qu'elle faisait son rapport à mon entourage.

Elles se tenaient de l'autre côté de la fine cloison et je les entendais parler.

— Alors, disait Suzie, il n'y a pas de fracture, juste une légère commotion et quelqu'un doit veiller sur elle pendant douze heures. Bon, nous l'emmenons à la maison avec nous.

— Non.

— Lee, nous avons une chambre libre, et Trish et moi pouvons nous relayer pour surveiller si elle va bien.

— Non. Alex vient avec moi.

J'ouvris les yeux.

— Je vais avec Lee, fis-je en haussant la voix. Seulement pour éviter une dispute.

Ma voiture n'était pas loin : Lee l'avait garée sur le parking du personnel médical.

— Où allons-nous ? demandai-je quand elle tourna la clé de contact.

— À mon hôtel.

Après un moment, elle dit :

— Tu sais que je n'avais pas besoin de revenir en Australie. Le circuit m'a servi d'excuse.

— OK.

— Il fallait que je revienne pour te revoir.

Je m'aperçus que je retenais mon souffle.

— Alex ?

— Oui.

— J'avais besoin de me convaincre que je pouvais vivre sans toi...

Comme je tardais à répondre, elle ajouta, d'un air désabusé :

— Je me trouve en position d'infériorité.

Je tournai brusquement la tête pour la regarder, ce qui eut pour effet de raviver la douleur dans mon crâne.

— C'est *toi* qui te trouves en position d'infériorité ?

— Je ne sais pas si tu m'aimes toujours, Alex. Depuis que nous nous sommes revues à l'aéroport hier, je me suis rendu compte que je veux être avec toi. Mais tu es si froide, si sûre de toi...

Je fermai les yeux. L'incertitude qui perçait dans sa voix me remplit de tendresse. Je souris, mais ma phrase ne fut qu'une demande polie.

— Alors, il a fallu que tu me mettes KO pour que tu sois poussée à parler ?

Lee me couvait des yeux. Son ton était soudain chaleureux, intime.

— Non, chérie. Ça a juste précipité les choses. Je t'aurais parlé ce soir. Je n'aurais pas pu attendre plus longtemps.

— Tu ne peux pas te résoudre à le dire, n'est-ce pas Lee ?

— Bien sûr que si. Je t'aime, Alex.

Elle attendit que j'ouvre les yeux.

— Maintenant c'est ton tour.

Je ne pouvais m'empêcher de sourire.

— Oh, d'accord, si tu insistes. Je t'aime et je t'adore. J'ai essayé d'arrêter, mais je n'ai pas pu. Satisfaite ?

Elle hocha la tête, me prit la main, entrelaçant nos doigts.

— Lee, es-tu sûre de pouvoir conduire avec une seule main sur le volant dans une ville étrangère du mauvais côté de la route ?

— Bien sûr, dit-elle avec son arrogance habituelle.

Puis elle ajouta :

— Je dois te prévenir, Alex, ce n'est peut-être pas de l'amour. J'ai seulement passé 95 % de mon temps à penser à toi ces trois derniers mois. Tu voudras peut-être attendre les 5 % manquants...

— Ces 5 % sont ennuyeux, dis-je, mais, tant pis, je prends le risque.

Dans la même collection

Anne Alexandre

La Table du mort, une enquête de Pauline Vogel

Pas facile d'être avocate, quand on prend son métier à cœur, Pauline ne le sait que trop. Ainsi, quand une ex-amante lui fait une déclaration alors qu'elle vient juste d'hériter d'un client accusé de meurtre et que de surcroît la juge qui instruit l'affaire s'avère bien séduisante, elle a de quoi se sentir perturbée.
Mais restons calme, le plus urgent va être de sortir le pauvre Simon de sa cellule et de prouver que ce jeune marginal n'est pas l'assassin de son oncle, propriétaire d'un célèbre restaurant de Clermont-Ferrand.

ISBN : 2-913066-16-X

Le premier qui meurt, une enquête de Pauline Vogel

Bruno Randoin, médecin à Clermont-Ferrand, est retrouvé mort dans son cabinet. Apparemment il s'agit d'un suicide, mais son épouse n'y croit pas et demande à Me Pauline Vogel de découvrir la vérité.
D'abord réticente, l'avocate accepte et s'adjoint la collaboration d'Antoine, un ancien policier. La juge Laurence Le Vigan se propose de les seconder.
Cette nouvelle affaire sera peut-être l'occasion pour les deux femmes de se rapprocher, à moins qu'Antoine ne vienne jouer les trouble-fêtes…

ISBN : 2-913066-23-2

Anne Alexandre & Cécile Dumas

Maux croisés

Abandonnée dans sa prison où elle purge une longue peine, Agathe se morfond. Sans illusions, mais avec quand même un peu d'espoir, elle passe une annonce pour s'évader à travers la correspondance. Parmi les rares réponses, celle de Sonia.
L'histoire peut commencer.

ISBN : 2-913066-18-6

Cécile Bailly

Malice

Victime d'une passion naissante pour la mystérieuse Barbara, Alice, amoureuse, déprimée, coquine, passionnée, jalouse ou drôle, se cherche sous l'œil critique et amusé de ses amis.
Plongé dans l'univers enfumé, décalé et voyageur de Cécile Bailly, le lecteur suit les tribulations d'Alice au fil d'une écriture vive et réaliste, sur les chemins de traverses d'un été où les rencontres ébranlent les certitudes.

ISBN : 2-913066-01-1

Émois, et moi

« J'ai fait l'amour avec une fille… »
Le jour où Nadia fait cet aveu à Kodo, leur amitié prend une direction qu'aucune des deux n'avait envisagée. De l'adolescence à l'âge adulte, au gré de l'apprentissage de l'amour, de la sexualité et de la vie, un ambigu chassé-croisé s'installe.
Quelle en sera l'issue ?

ISBN : 2-913066-04-6

Une saison morte

Seule après le décès de son père, K se heurte à l'implacable réalité du quotidien. Refusant les compromis, c'est auprès des femmes qui croisent sa route qu'elle cherche à apaiser sa révolte. Mais entre amour et amitié, K oscille, son corps vacille. Qui de H ou de Lilas parviendra à interrompre son errance ?

ISBN : 2-913066-10-0

Chassés-croisés au 37, une enquête de Sen-Yin Nô

À Besançon, en ce dimanche de mars, on vient de retrouver morte une jeune écrivain, Iris Malher.
Alors qu'elle pensait passer une journée tranquille auprès de sa compagne, le commandant Sen-Yin Nô est appelée sur les lieux.
Rapidement, constatations et interrogatoires d'usage vont s'enchaîner et mettre en évidence les jalousies au sein du paysage artistique local.
Les mobiles et les suspicions vont s'accumuler. Une amante éconduite, une troupe théâtrale au succès grandissant, une histoire de drogue… À Sen-Yin Nô d'apporter les réponses aux questions rituelles dans ces circonstances : qui ? et pourquoi ?

ISBN : 2-913066-20-8

Véronique Bréger

Champ, contrechamp

Deux femmes, deux univers, deux vies…
Mais un jour de pluie, sous les auspices d'une héroïne de BD au décolleté ravageur, les chemins se croisent. Quelques bulles plus loin, à l'heure de l'apéritif, Eva, la collectionneuse d'aventures, est charmée. Mathilde, dont la vie prend justement un tournant inattendu, est ravie d'avoir passé un si bon moment.
De concert, mais sans se concerter, Eva et Mathilde vont réorganiser leur quotidien, tandis qu'au fil de leurs tête-à-tête l'évidence de leur attirance deviendra manifeste. Ces deux existences pourraient peut-être alors ne faire plus qu'une seule histoire.

ISBN : 2-913066-17-8

Kilomètre 24

La vie de Camille est comme sa voiture immobilisée par la neige : au point mort. Impossible d'oublier Madeleine.
Mais le hasard, qui fait souvent bien les choses, lui a réservé une rencontre inattendue : Louisa.
Alors que la voiture redémarre, Camille semble voir l'avenir sous un jour nouveau. Se fait-elle des idées ? Les apparences pourraient être trompeuses…

ISBN : 2-913066-22-4

Cécile Dumas

Taille unique

La vie est quelquefois surprenante…
Pour Anita, le chemin semblait bien balisé : un amant prêt à s'engager, un concours à préparer et à la clé, un destin sans surprise. Mais la rencontre avec Michèle, la mère du jeune homme vient fausser la donne.
Les deux femmes vont se découvrir et s'apprécier jusqu'à ce que l'amitié d'Anita cède la place à un sentiment plus troublant. Sera-t-il partagé ?

ISBN : 2-913066-06-2

Terre étrangère

Dès le premier regard entre Clarisse et Marion, tout est dit.
Mais nous sommes à Conakry, au sein d'un microcosme où les Blancs de passage côtoient les expatriés installés. Les deux femmes vont devoir vivre dans un milieu où tout le monde s'observe une histoire où les sentiments exacerbés peuvent ternir un déroulement prévisible. Au bout du compte, ni l'une ni l'autre n'est vraiment sûre de maîtriser le dénouement de cette aventure.

ISBN : 2-913066-11-9

Cy Jung

Once upon a poulette, roman lesbien

Jeanne est une jeune parisienne de 22 ans qui conduit son bus avec nettement plus de talent que sa vie amoureuse : quand un slow dérape jusqu'à l'étreinte impudique, tout est simple mais lorsqu'elle découvre que la troublante Zoé n'habite pas à l'adresse indiquée, l'histoire se complique.
Plongé dans l'univers baroque, ludique et déjanté de ces deux jeunes femmes le lecteur vit leur histoire heure par heure sans qu'aucune prise de tête ni partie de fesse à fesse ne lui soit épargné.

ISBN : 2-913066-00-3

Es ist eine Poulette, roman lesbien

Jeanne et Zoé se sont rencontrées dans des circonstances qui auraient pu leur être fatales. Aujourd'hui, elles mènent leur petit bonhomme de chemin au milieu de leur famille adoptive : une bande de filles délurées en quête d'une chérie pour la vie.
Mais l'amour est décidément chose bien complexe. Le désir et les sentiments de nos deux tourterelles résisteront-ils à l'usure du temps ? Et si on leur faisait confiance…

ISBN : 2-913066-05-4

Cul nu, courts érotiques

Fantasmes, émotions, tendresse...
Que ce soit la visite imprévue d'une voisine ou bien les retrouvailles de deux amies d'enfance, que l'on soit au néolithique ou au XXIe siècle, dans un couvent ou une cabine d'essayage, les mises en scène drôles et coquines se succèdent.
Sam, Céline, Diane, Marinette, Fatou et les autres peuvent alors laisser libre cours à leurs désirs.
Quant à la narratrice, si vous saviez tout ce qu'elle fait !

ISBN : 2-913066-08-9

Hétéro par-ci, homo par le rat

Que se passerait-il si d'un coup de patte maléfique, le destin faisait des homosexuels les maîtres du monde ? Rêvons un peu…
En 2097 Léa a 20 ans. Elle est lesbienne comme toutes les femmes de son temps et mène une existence paisible jusqu'au jour où elle rencontre Louis. Pauvre Léa, obligée de vivre son hétérosexualité en cachette, de se battre contre les idées reçues et la violence hétérophobe… Que va-t-il advenir d'elle, et de Louis ?
Le XXIe siècle saura-t-il faire la place aux amours hétéroclites ?

ISBN : 2-913066-02-X

Karin Kallmaker

Libera me

À 34 ans, Faith songe enfin à quitter le nid familial, mais ses parents, fervents catholiques, ne voient pas cela d'un très bon œil. Même avec un emploi honorable, professeur d'histoire à l'université de Chicago, on ne quitte le toit paternel que pour se marier. De son côté, Sydney s'apprête à se présenter aux élections sénatoriales d'Illinois et fait de son mieux pour avoir une conduite irréprochable.
La rencontre de ces deux femmes va mettre à mal leur tentative de respectabilité, telle qu'on la leur impose. Mais comme toujours, l'amour finira par triompher

ISBN : 2-913066-15-1

Axelle Mallet

Retour de flamme

Pour Tina, tout était bien programmé : d'abord une situation professionnelle, et accessoirement, une vie sentimentale. Ce qui n'était pas prévu, c'est sa rencontre avec Alexandra et leur immédiate attirance. Devant l'inattendu de ses sentiments Tina ne sait comment réagir. Entre le besoin d'afficher son bonheur naissant et celui de ne pas décevoir son entourage, elle est partagée. Aura-t-elle le courage d'affronter le regard des autres ? Vient alors l'heure de la remise en question.

ISBN : 2-913066-13-5

Martine Mounier

Exit le paradis

Vivre sa vie, voilà le privilège de chacun. Encore faudrait-il savoir comment s'y prendre ! Le jour où Pauline se lance avec désinvolture dans une conversation sur Internet avec Sara, le virtuel s'invite dans son quotidien et le rend de plus en plus pesant. Les vraies priorités, les vrais désirs vont alors se dévoiler.
Le sens de sa vie, peut-être…

ISBN : 2-913066-14-3

Lesléa Newman

Butch/Femme, mode d'emploi

Le moins que l'on puisse dire, c'est que le quotidien de Lesléa n'est pas triste !
Installée à Lesbianville, Massachusetts, elle mène une existence de *femme* auprès de Flash, la *butch* de sa vie, enchaîne les situations ordinaires mais cocasses, réalistes mais incroyables avec autodérision et sincérité. À la fin de ces aventures, le couple *butch/femme* n'aura plus de secrets pour vous !

ISBN : 2-913066-07-0

Corinne Olivier

So

Que faire lorsque vous croisez la femme qui hante vos rêves et qu'elle tombe sous votre charme ? Vous vous laissez séduire. C'est ainsi que Sylvie se retrouve embarquée dans une aventure inattendue aux côtés d'une étrange et belle rousse.
De Manhattan à Provincetown, sur un vieux remorqueur ou en Chevrolet 58, dans les bars du Village ou bien sur la plage, Sylvie n'aura de cesse de découvrir ce que dissimulent les mystères qui entourent l'inconnue. Les deux femmes parviendront-elles à se jouer de la providence ?

ISBN : 2-913066-09-7

Daria Rossi

Changement d'ère

Comme chaque été, Amanda a laissé son époux à son travail et profite du soleil de la Corse avec ses deux jeunes enfants.
Cybil, elle, a quitté Bruxelles, bien décidée à oublier une histoire d'amour finissante.
Un après-midi, sur la plage, leurs chemins se croisent.
La rencontre, d'abord amicale, va rapidement donner naissance à un sentiment plus tendre. Mais bientôt il faut rentrer, l'une en Belgique l'autre à Paris.
Cet amour de vacances survivra-t-il à la distance et aux réalités de la vie ?

ISBN : 2-913066-21-6

Karen X. Tulchinsky

À l'origine

Nomi s'est installée à San Francisco pour vivre avec Sapphire qui décide soudainement d'explorer son hétérosexualité. Rien ne va plus. Quant à sa mère, elle choisit cette période trouble pour se remarier et la réclamer d'urgence à Toronto.
Cette perspective n'enchante pas Nomi. Des retrouvailles inattendues avec son cousin Henry et le charme irrésistible de Julie vont cependant donner à cette escapade canadienne, une tournure imprévue, riche en couleurs et en péripéties.

ISBN : 2-913066-19-4

Elisa Verfloede

Latence

Présente-moi la femme à tes côtes, je te dirai qui tu es !
De Paris à New York, dans les bars, dans les soirées ou par Minitel, l'héroïne enchaîne les rencontres pour une heure, une nuit, ou plus…
Sophie, Mary, Eléonore… autant de femmes que de visages, de corps dans cette course effrénée à la poursuite du bonheur.

ISBN : 2-913066-03-8

Imprimerie France Quercy - 46001 Cahors
N° d'imprimeur : 52556 - Dépôt légal : novembre 2002

